TRANZLATY

El idioma es para todos

Езикът е за всички

Las Aventuras de Alicia en el País de las Maravillas

Приключенията на Алиса в страната на чудесата

Lewis Carroll

Луис Карол

Español / Български

Por la madriguera del conejo
Надолу по заешката дупка

Alicia empezaba a cansarse mucho
Алис започна да се уморява много
Estaba sentada junto a su hermana en el banco de hierba
Тя седеше до сестра си на тревния бряг
Pero ella no tenía nada que hacer
Но тя нямаше какво да прави
Su hermana estaba leyendo un libro
сестра й четеше книга
una o dos veces Alicia echó un vistazo al libro
веднъж или два пъти Алис надникна в книгата
Pero el libro no contenía imágenes ni conversaciones
Но в книгата нямаше снимки или разговори
«¿De qué sirve un libro sin imágenes?», pensó Alicia
"Каква полза от книга без картинки?" – помисли си Алиса
"¿Por qué un libro no tendría conversaciones?"
"Защо една книга няма разговори?"

Pero tenía otras cosas que considerar

но имаше други неща за обмисляне

"Hacer una cadena de margaritas sería un placer"

"Правенето на верига от маргаритки би било удоволствие"

"¿Pero vale la pena el esfuerzo de levantarse y recoger las margaritas?"

— Но струва ли си усилията да станеш и да береш маргаритки?

No era tan fácil pensar en esto

Не беше толкова лесно да се мисли за това

porque el día la estaba haciendo sentir somnolienta y estúpida

защото денят я караше да се чувства сънлива и глупава

Pero de repente sus pensamientos se vieron interrumpidos

но изведнъж мислите й бяха прекъснати

un conejo blanco de ojos rosados corrió cerca de ella

Бял заек с розови очи тича близо до нея

No había nada demasiado notable en el conejo

Нямаше нищо прекалено забележително в заека

y Alicia tampoco pensó que el conejo fuera notable

и Алиса също не смяташе, че заекът е забележителен

ni le extrañó que el Conejo hablara

нито пък я изненада, когато Заекът проговори

"¡Oh, Dios mío! ¡Llegaré demasiado tarde!", se dijo a sí mismo

— О, скъпа! Ще закъснея! — каза си той

pero entonces el Conejo hizo algo que los conejos no hacían

но след това Заекът направи нещо, което зайците не направиха

el Conejo sacó un reloj del bolsillo de su chaleco

Заекът извади часовник от джоба на жилетката си

Miró la hora y luego se apresuró a seguir adelante

Той погледна времето и забърза напред

Alicia se puso en pie, asombrada

Алиса се изправи на крака, изумена

¡Nunca antes había visto un conejo con chaleco!

Никога преди не беше виждала заек с жилетка!

¡Tampoco había visto nunca un conejo con reloj!

нито пък някога беше виждала заек с часовник!

Alicia ardía con una nueva curiosidad

Алиса гореше от ново любопитство

y corrió por el campo tras el Conejo

и тя хукна през полето след Заека

Llegó justo a tiempo para ver desaparecer al conejo

Тя беше точно навреме да види как заекът изчезва

El conejo saltó a una gran madriguera

Заекът скочи в голяма заешка дупка

¡En otro momento, Alicia bajó detrás del conejo!

След миг Алиса падна след заека!

La madriguera del conejo seguía recto como un túnel

Заешката дупка вървеше право като тунел

Y el túnel siguió avanzando a cierta distancia

и тунелът продължи известно разстояние

Y entonces el camino de repente se hundió

И тогава пътеката изведнъж се спусна надолу
Alicia no tuvo ni un momento para pensar en detenerse
Алиса нямаше нито миг да помисли да спре
Se encontró a sí misma cayendo y abajo y abajo
Тя се озова да пада надолу и надолу, и надолу
Parecía como si hubiera caído en un pozo muy profundo
изглеждаше, че е паднала в много дълбок кладенец
O el pozo era muy profundo, o ella caía muy lentamente
Или кладенецът беше много дълбок, или тя падаше много
бавно
porque tenía tiempo de sobra para caer
защото имаше достатъчно време да падне
Mientras caía, podía mirar a su alrededor
докато падаше, можеше да се огледа наоколо
Primero, trató de averiguar a dónde iba
Първо се опита да разбере къде отива
Pero el pozo estaba demasiado oscuro para ver nada
но кладенецът беше твърде тъмен, за да се види нещо
Luego miró a los lados del pozo
След това погледна стените на кладенеца
Y se dio cuenta de que había armarios a su alrededor
и забеляза, че навсякъде около нея има шкафове
y alrededor del pozo había estanterías de libros
а навсякъде около кладенеца имаше рафтове с книги
Aquí y allá veía mapas y cuadros colgados de perchas
тук-там виждаше карти и картини, окачени на колчета
Al pasar, bajó un frasco de una de las estanterías
Тя свали буркан от един от рафтовете, докато минаваше
покрай него
El frasco estaba etiquetado por su contenido
бурканът е етикетиран заради съдържанието си
"MERMELADA DE NARANJAS"
"МАРМАЛАД ОТ ПОРТОКАЛИ"
**Pero, para su gran decepción, el frasco de mermelada estaba
vacío**
но за нейно голямо разочарование бурканът с мармалад
беше празен

No quería dejar caer el tarro de mermelada vacío

Тя не искаше да изпусне празния буркан с мармалад

y su caída fue muy lenta

и падането й беше много бавно

Así que se las arregló para poner el frasco de mermelada en uno de los armarios

Така че тя успя да постави буркана с мармалад в един от шкафовете

¡Abajo, abajo, abajo, ella cae!

Надолу, надолу, надолу тя пада!

¿Llegaría alguna vez la caída a su fin?

Дали падението някога ще приключи?

No había nada más que hacer

Нямаше какво друго да се направи

así que Alicia pronto empezó a hablar consigo misma

така че Алис скоро започна да говори сама на себе си

—¡Dinah me echará mucho de menos esta noche, creo!

— Струва ми се, че много ще липсвам на Дина тази вечер!

Dinah era la gata de Alicia

Дина беше котката на Алис

"Espero que se acuerden de su plato de leche a la hora del té"

— Надявам се, че ще си спомнят чинийката с мляко по време на чай.

—¡Dinah, querida, desearía que estuvieras aquí abajo conmigo!

— Дина, скъпа моя, иска ми се да си тук долу с мен!

Alicia sintió que se estaba quedando dormida

Алиса почувства, че дреме

Y de repente, ¡pum! ¡golpe!

И след това изведнъж туп! Туп!

Cayó sobre un montón de palos

Надолу тя падна върху купчина пръчки

y aterrizó sobre un montón de hojas secas

и тя кацна на купчина сухи листа

Y finalmente la larga caída por el agujero había terminado

и накрая дългото падане в дупката приключи

Alicia no estaba herida en lo más mínimo

Алиса не беше ни най-малко наранена
Y se levantó de un salto en un momento
и тя скочи за миг
Alzó la vista, pero todo estaba oscuro sobre su cabeza
Тя вдигна поглед, но всичко беше тъмно над главата му
Frente a ella había otro largo pasillo
пред нея имаше друг дълъг коридор
y el Conejo Blanco seguía a la vista
а Белият заек все още се виждаше
Corría por el pasillo
Той бързаше по коридора
No había un momento que perder
Нямаше нито миг за губене
Alicia salió corriendo como el viento
Алиса побягна като вятъра.
A la vuelta de la esquina giró el conejo
Зад ъгъла се обърна заекът
Llegó justo a tiempo para oír al conejo
Тя беше точно навреме да чуе заека
"Oh, mis orejas y bigotes"
"О, ушите и мустаците ми"
"¡Qué tarde se está haciendo!"
— Колко късно става!
Estaba muy cerca del conejo
Тя беше близо до заека
Dobló otra esquina
Тя се обърна зад друг ъгъл
pero el Conejo ya no se dejaba ver
но Заекът вече не се виждаше
Se encontró en un pasillo largo y bajo
Тя се озова в дълга, ниска зала
La sala estaba iluminada por una hilera de lámparas de techo
Залата беше осветена от редица таванни лампи
Había puertas por todo el pasillo
Имаше врати из цялата зала
pero todas las puertas estaban cerradas con llave
Но всички врати бяха заключени

Caminó por un lado del pasillo

Тя вървеше по целия път от едната страна на коридора

Y ella había caminado todo el camino hasta el otro lado de la sala

и беше извървяла целия край на коридора

Había intentado todas las puertas

Беше опитала всяка врата

Y caminó tristemente por el centro del pasillo

и тя тръгна тъжно по средата на коридора

"¿Cómo voy a volver a salir?"

— Как ще изляза отново?

De repente se encontró con una mesita

Изведнъж тя се натъкна на малка масичка

La mesa estaba hecha completamente de vidrio macizo

масата беше направена изцяло от масивно стъкло

No había nada sobre la mesa, excepto una pequeña llave dorada

На масата нямаше нищо освен малък златен ключ

¡La llave podría pertenecer a una de las puertas!

ключът може да принадлежи на някоя от вратите!

Pero, ¡ay! Algunas de las cerraduras eran demasiado grandes para las llaves

но, уви! Някои от ключалките бяха твърде големи за ключовете

y para las otras cerraduras la llave era demasiado pequeña

а за другите ключалки ключът беше твърде малък

Pero, en cualquier caso, la llave no abrió ninguna de las puertas

но във всеки случай ключът не отвори нито една от вратите

Pero, ¿qué iba a hacer ella?

Но какво трябваше да прави?

Volvió a atravesar el pasillo

Тя отново мина през коридора

Y esta vez se fijó en una cortina baja

и този път забеляза ниска завеса

Detrás de la cortina había una puertecita

зад завесата имаше малка врата

La puerta tenía unos quince centímetros de alto

вратата беше висока около петнадесет инча

Probó la pequeña llave dorada en la cerradura

Тя опита малкия златен ключ в ключалката

Y para su gran deleite, ¡la llave encajó en la cerradura!

и за нейна голяма радост ключът се побра в ключалката!

Alicia abrió la puerta

Алис отвори вратата

Y encontró que la puerta daba a un pequeño pasillo

и намери вратата, водеща към малък коридор

El corredor no era mucho más grande que una madriguera de ratas

коридорът не беше много по-голям от дупка за плъхове

Se arrodilló y miró a lo largo del pasillo

Тя коленичи и погледна по коридора

Y ella vio el jardín más hermoso que jamás hayas visto

И тя видя най-прекрасната градина, която някога сте виждали

¡Cómo anhelaba salir de ese oscuro salón
Как копнееше да излезе от тази тъмна зала
cómo quería vagar entre esas flores brillantes
как й се искаше да се скита сред тези ярки цветя
¡Qué genial se veían esas fuentes
Колко готино освежаващи изглеждаха тези фонтани
Pero ni siquiera podía meter la cabeza por la puerta
но тя дори не можа да прокара главата си през вратата
-¡Oh! -exclamó Alicia con tristeza-
— О, — каза Алиса тъжно
"¡Cómo desearía poder plegarme como un telescopio!"
— Как ми се иска да можех да се сгъна като телескоп!
"Creo que podría plegarme como un telescopio"
"Мисля, че мога да се сгъна като телескоп"
"Si supiera cómo empezar"
"Само ако знаех как да започна"
Alicia volvió a la mesa
Алиса се върна на масата
Existía la posibilidad de encontrar otra llave
имаше шанс да намеря друг ключ
O podría haber un libro de reglas
или може да има книга с правила
El libro podría decirle cómo plegarse como un telescopio
Книгата може да й каже как да се сгъне като телескоп
Esta vez encontró una botellita
Този път тя намери малко шишенце
—Esta botella no estaba aquí antes —dijo Alicia—
— Тази бутилка със сигурност не е била тук преди — каза
Алис
y atada alrededor del cuello de la botella había una etiqueta
de papel
а около гърлото на бутилката беше завързан хартиен
етикет
La etiqueta estaba bellamente impresa en letras grandes
Етикетът беше красиво отпечатан с големи букви
"BÉBEME"
"ПИЙ МЕ"

—No, miraré primero —dijo ella—

— Не, първо ще погледна — каза тя

"Veré si la botella está marcada como venenosa o no"

— Ще видя дали бутилката е маркирана като отровна или не.

porque nunca olvidó la lección sobre el veneno

защото никога не е забравила урока за отровата

"Si una botella está etiquetada como venenosa, es probable que no esté de acuerdo contigo"

"Ако бутилката е етикетирана като отровна, тя със сигурност няма да се съгласи с вас"

Sin embargo, esta botella no estaba marcada como venenosa

Тази бутилка обаче не беше маркирана като отровна

así que Alicia se aventuró a probar el contenido de la botella

така че Алиса се осмели да опита съдържанието на бутилката

Encontró el líquido bastante de su agrado

Тя намери течността за много подходяща за нея

La bebida tenía una especie de sabor mezclado

Напитката имаше нещо като смесен вкус

tarta de cerezas, natillas y piña

Черешов тарт, крем и ананас

Pavo asado, caramelo y tostadas con mantequilla caliente

печена пуйка, карамел и препечен хляб с горещо масло

Y pronto acabó la botella

и скоро тя допи бутилката

-¡Qué sensación tan curiosa! -exclamó Alicia-

— Какво странно чувство! — каза Алиса

"¡Me estoy plegando como un telescopio!"

"Сгъвам се като телескоп!"

¡Y se estaba plegando como un telescopio!

И тя наистина се сгъваше като телескоп!

Ahora solo medía diez pulgadas de alto

Сега тя беше висока само десет инча

y su rostro se iluminó con sus pensamientos

и лицето й се озари от мислите й

Ahora ella tenía el tamaño adecuado para la pequeña puerta

сега тя беше с правилния размер за малката врата
Ahora podía entrar en ese hermoso jardín
Сега можеше да влезе в онази прекрасна градина
Pronto dejó de hacerse más pequeña
скоро тя спря да става по-малка
Decidió ir al jardín de inmediato
Тя реши веднага да отиде в градината
pero, ¡ay de la pobre Alicia!
но, уви за бедната Алиса!
Llegó a la puerta
Стигна до вратата
Pero había olvidado la pequeña llave de oro
но беше забравила малкия златен ключ
Volvió a la mesa en busca de la llave
Тя се върна на масата за ключа
**Pero se dio cuenta de que no podía llegar lo suficientemente
alto**
но откри, че не може да стигне достатъчно високо
Podía ver la llave claramente a través del cristal
Тя можеше да види ключа съвсем ясно през стъклото
Trató de trepar por las patas de la mesa
Тя се опита да се покатери по краката на масата
Pero el cristal era demasiado resbaladizo
но стъклото беше твърде хлъзгаво
Con el tiempo se cansó de intentarlo
В крайна сметка се умори да се опитва
Y la pobre niña se sentó y lloró
а горкото момиченце седна и заплака
Alicia se habló a sí misma con bastante brusquedad
Алиса заговори на себе си доста остро
"¡Vamos, no sirve de nada llorar así!"
— Хайде, няма смисъл да плачеш така!
"¡Te aconsejo que te detengas ahora mismo!"
"Съветвам ви да спрете точно сега!"
En general, se daba muy buenos consejos
Като цяло тя си даваше много добри съвети
aunque muy rara vez seguía sus propios consejos

въпреки че много рядко следваше собствените си съвети
Y a veces era demasiado dura consigo misma
и понякога беше твърде сурова към себе си
y sus palabras hicieron que se le llenaran los ojos de lágrimas
и думите й предизвикаха сълзи в очите й.
Pronto sus ojos se posaron en una cajita de cristal
Скоро погледът й падна върху малка стъклена кутия
La cajita de cristal estaba debajo de la mesa
Малката стъклена кутия лежеше под масата
En la caja de cristal había un pastel muy pequeño
В стъклената кутия имаше много малка торта
En el pastel, algunas palabras estaban bellamente escritas
на тортата бяха красиво написани няколко думи
Las palabras habían sido marcadas con grosellas
Думите бяха отбелязани в касис
"CÓMEME"
"ИЗЯЖ МЕ"
—Bueno, me comeré el pastel —dijo Alicia—
— Е, ще изям тортата — каза Алиса
"y si el pastel me hace crecer, puedo llegar a la llave"
"И ако тортата ме накара да стана по-голям, мога да стигна до ключа"
"y si el pastel me hace más pequeño, puedo arrastrarme por debajo de la puerta"
"И ако тортата ме накара да стана по-малка, мога да се промъкна под вратата"
"así que de cualquier manera me meteré en el jardín"
"Така че така или иначе ще вляза в градината"
"¡Y no me importa cuál de los dos suceda!"
— И не ме интересува кое от двете ще се случи!
Se comió un pedacito del pastel
Тя изяде малко от тортата
Y se habló a sí misma con ansiedad:
и тя разтревожено си каза:
—¿De qué manera? ¿Hacia dónde?
— Накъде? Накъде?

Y se llevó la mano a la cabeza

и тя държеше ръката си на главата си

Quería sentir de qué manera estaba creciendo

Искаше да почувства по какъв начин расте

Se sorprendió bastante al descubrir lo que había sucedido

Тя беше доста изненадана да разбере какво се е случило

¡Había permanecido del mismo tamaño!

Тя беше останала със същия размер!

Así que esta vez redobló sus esfuerzos

Така че този път тя удвои усилията си

Y pronto terminó todo el pastel

и скоро тя довърши цялата торта

El charco de lágrimas
Локвата от сълзи

-¡Esto se está poniendo cada vez más interesante! -exclamó Alicia-

— Става все по-интересно! — извика Алиса

Se puede ver que estaba muy sorprendida

Можете да видите, че тя беше много изненадана

"¡Me estoy abriendo como el telescopio más grande que jamás haya existido!"

"Отварям се като най-големия телескоп, който някога е имало!"

—¡Adiós, pies! ¡Oh, mis pobres piecitos!

— Довиждане, крака! О, горките ми малки крачета"

"Me pregunto quién se pondrá sus zapatos por ustedes ahora, queridos".

— Чудя се кой ще ви обуе обувките сега, скъпи?

—¿Y me pregunto quién se pondrá las medias?

— И се чудя кой ще ти сложи чорапи?

"Estaré demasiado lejos"

"Ще бъда твърде далеч"

"No podré preocuparme más por ti"

"Няма да мога повече да се занимавам с теб"

Justo en ese momento su cabeza golpeó contra algo

Точно в този момент главата й се удари в нещо

Había llegado al techo de la sala

Беше стигнала до покрива на залата

De hecho, ahora medía más de dos metros de altura

всъщност сега тя беше висока повече от два метра

Y al instante tomó la pequeña llave de oro

и тя веднага взе малкия златен ключ

Y se apresuró a llegar a la puerta del jardín

и тя побърза към вратата на градината

¡Pobre Alicia! No había mucho que pudiera hacer

Горката Алиса! Нямаше какво да направи

Se acostó de lado

Тя легна на една страна

Y miró al jardín con un ojo

и тя погледна в градината с едно око
Pero salir adelante era más desesperado que nunca
Но да се справя беше по-безнадеждно от всякога
Se sentó y comenzó a llorar de nuevo
Тя седна и отново започна да плаче
Siguió derramando galones de lágrimas
Тя продължи да пролива галони сълзи
Pronto había un gran estanque a su alrededor
скоро около нея имаше голям басейн
Y el agua llegaba hasta la mitad del pasillo
и водата стигна до средата на коридора
Al cabo de un rato, oyó un pequeño golpeteo de pies
След известно време тя чу леко тропане на краката
Oyó los pasos que venían de lejos
Тя чу краката да идват отдалеч
Y se secó los ojos apresuradamente para ver lo que venía
и тя бързо избърса очите си, за да види какво предстои
Era el Conejo Blanco que regresaba
Завръщането на Белия заек
Iba espléndidamente vestido
той беше великолепно облечен
Tenía un par de guantes blancos en una mano
Той държеше чифт бели ръкавици в едната ръка
y tenía un gran abanico de plumas en la otra mano
а в другата ръка имаше голям ветрило от пера
Llegó trotando a toda prisa
Той вървеше в тръс с голяма бързина
y murmuró para sí: "¡Oh! ¡La duquesa, la duquesa!
и промърмори на себе си: "О! херцогинята, херцогинята!"
—¡Oh! ¡No será salvaje si la he hecho esperar!
— О! няма ли да бъде дива, ако я накарам да чака!

Cuando el Conejo se acercó a ella, Alicia habló

Когато Заекът се приближи до нея, Алиса заговори

Pero ella hablaba en voz baja y tímida

но тя говореше с нисък, плах глас

"Señor, por favor, deje de hacer lo que está haciendo por un momento"

"Сър, моля, спрете това, което правите за момент"

El Conejo se sobresaltó violentamente

Заекът се стресна силно

Dejó caer los guantes blancos y el abanico de plumas

Той пусна белите ръкавици и ветрилото с пера

Y se escabulló en la oscuridad lo más rápido que pudo

и той се втурна в мрака колкото може по-бързо

Alicia recogió el abanico de plumas y los guantes

Алиса вдигна ветрилото и ръкавиците

Y no paraba de abanicarse mientras seguía hablando

и тя продължаваше да се вее, докато продължаваше да говори

"¡Querido, querido! ¡Qué extraño es todo hoy!"

— Скъпа, скъпа! Колко странно е всичко днес!"

"Ayer las cosas siguieron como siempre"

"Вчера нещата вървяха както обикновено"

—¿Era yo el mismo cuando me levanté esta mañana?

— Същият ли бях, когато станах тази сутрин?

"Pero si no soy el mismo, hay otra cuestión"

"Но ако не съм същият, има друг въпрос"

"¿Quién demonios soy yo?"

"Кой съм аз?"

"¡Ah, ese es el gran rompecabezas!"

"О, това е страхотният пъзел!"

Al decir esto, se miró las manos

Докато каза това, тя погледна надолу към ръцете си

Llevaba uno de los Conejos, gusanos blancos

Тя носеше една от белите ръкавици на зайците

No se había dado cuenta de que se había puesto el guante mientras hablaba

Не беше забелязала, че си сложи ръкавицата, докато говореше

"¿Cómo pude haber hecho eso?", pensó

"Как можех да направя това?" помисли си тя

"Debo estar haciéndome pequeño otra vez"

"Трябва отново да съм малък"

Se levantó y se acercó a la mesa para medir su altura

Тя стана и отиде до масата, за да измери височината си

Descubrió que ahora medía aproximadamente medio metro de altura

Тя открила, че сега е висока около половин метър

Y ella seguía encogiéndose rápidamente

и тя все още се свиваше бързо

Pronto descubrió cuál era la causa del encogimiento

Скоро тя разбра каква е причината за свиването

¡El abanico de plumas la estaba haciendo más pequeña de nuevo!

ветрилото на перата я правеше отново по-малка!

Y dejó caer el abanico de plumas apresuradamente

и тя бързо пусна ветрилото с пера

Dejó caer el abanico de plumas justo a tiempo para salvarse

Тя пусна ветрилото с пера точно навреме, за да се спаси

Si se hubiera abanicado por más tiempo, se habría encogido por completo

Ако се беше развеяла повече, щеше да се свие напълно

-¡Ha sido una fuga por los pelos! -dijo Alicia-

— Това беше косъм да се измъкне! — каза Алиса

Y se asustó mucho ante el cambio repentino

и тя беше много уплашена от внезапната промяна

pero estaba muy contenta de encontrarse todavía en existencia

но тя беше много щастлива, че все още съществува

—¡Y ahora, al jardín!

— А сега към градината!

Y corrió a toda prisa hacia la puertecita

И тя се затича с пълна скорост обратно към малката врата

Pero, ¡ay! La puertecita se cerró de nuevo

но, уви! Малката врата отново се затвори

Y la pequeña llave de oro volvía a estar sobre la mesa de cristal

и малкият златен ключ отново лежеше на стъклената маса

"Las cosas están peor que nunca", pensó el pobre niño

"Нещата са по-лоши от всякога", помисли си горкото дете

"Nunca antes había sido tan pequeño como esto, ¡nunca!"

"Никога преди не съм била толкова малка, никога!"

Al decir estas palabras, su pie resbaló

Докато каза тези думи, кракът й се подхлъзна

¡Y en otro momento hubo un gran chapoteo!

и в друг миг се чу голям плясък!

Estaba sumergida en agua salada hasta la barbilla

Беше до брадичка в солена вода

Su primera idea fue que de alguna manera había caído al mar

Първата й идея беше, че по някакъв начин е паднала в морето

Sin embargo, pronto se dio cuenta de en qué estaba metida

Скоро обаче тя осъзна в какво се намира

Estaba en un charco de lágrimas

тя беше в локва от сълзи

las lágrimas que había llorado cuando tenía dos metros de altura

сълзите, които беше изплакала, когато беше висока два метра

Justo en ese momento escuchó algo

Точно тогава тя чу нещо.

Algo chapoteaba en la piscina

нещо се пръскаше в басейна

El chapoteo venía de un poco más lejos

пръскането дойде малко отдалеч

Y se acercó nadando para ver qué era el chapoteo

и тя доплува по-близо, за да види какво е пръскането

Pronto vio que era solo un ratoncito

Скоро видя, че това е само малка мишка

El ratoncito también se había metido en el agua

Малката мишка също се беше промъкнала във водата

Alicia pensó para sí misma sobre la situación

Алиса се замисли за ситуацията

—¿Serviría de algo hablar con este ratón?

— Ще има ли полза да говоря с тази мишка?

"Aquí todo está tan al revés"

"Тук всичко е толкова обърнато с главата надолу"

"Creo que es muy probable que este ratón pueda hablar"

— Мисля, че е много вероятно тази мишка да говори.

"En cualquier caso, no hay nada de malo en intentarlo"

"Във всеки случай, няма нищо лошо в опитите"

Así que empezó a tratar de hablar con el ratón

Затова тя започна да се опитва да говори с мишката

"Oh Ratón, ¿conoces la forma de salir de esta piscina?"

- О, Мишка, знаеш ли изхода от този басейн?

—¡Estoy muy cansado de nadar por aquí, oh ratón!

— Много ми омръзна да плувам тук, о, Мишка!

El ratón la miró con curiosidad

Мишката я погледна доста любопитно

El ratón parecía guiñar un ojo con uno de sus ojitos

Мишката сякаш намигна с едно от малките си очи

Pero el ratoncito no dijo nada

Но малката мишка не каза нищо

"A lo mejor el ratón no entiende inglés", pensó Alicia

"Може би мишката не разбира английски", помисли си Алиса

"Me atrevo a decir que es un ratón francés"

"Смея да твърдя, че това е френска мишка"

"tal vez este ratón vino con Guillermo el Conquistador"

"Може би тази мишка е дошла с Уилям Завоевателя"

Así que empezó de nuevo, en francés

Така че тя започна отново, на френски

"¿Dónde está mi gato?", preguntó en francés

"Къде ми е котката?", попита тя на френски

era la primera frase de su libro de clases de francés

това беше първото изречение в нейния урок по френски

El Ratón dio un súbito salto fuera del agua

Мишката внезапно изскочи от водата

y el ratón pareció temblar de miedo

и мишката сякаш трепереше от страх

-¡Oh, le ruego que me perdone! -exclamó Alicia

apresuradamente-

— О, моля за извинение! — извика Алиса припряно

Temía haber herido los sentimientos del pobre animal

Тя се страхуваше, че е наранила чувствата на горкото животно

"Olvidé que no te gustaban los gatos"

— Съвсем забравих, че не обичаш котки.

—¡No me gustan los gatos! —exclamó el ratón con voz estridente y apasionada—

— Не обичам котки! — извика Мишката с писклив страстен глас

—¿Te gustaría tener gatos, si fueras yo?

— Бихте ли искали котки, ако бяхте на мое място?

Alicia consoló al ratón en un tono tranquilizador

Алиса успокои мишката с успокояващ тон

"Bueno, tal vez a mí tampoco me gustarían los gatos si fuera tú"

- Е, може би и аз нямаше да харесвам котки, ако бях на твое място.

"Por favor, no te enfades por la mención de los gatos"

"Моля, не се ядосвайте за споменаването на котки"

"Y, sin embargo, desearía poder mostrarte a nuestra gata Dinah"

"И все пак ми се иска да можех да ти покажа нашата котка Дина"

"Si la conocieras, creo que te encapricharías de los gatos"

— Ако я срещнеш, мисля, че ще ти харесат котките.

"Si tan solo pudieras verla"

"Само ако можеше да я видиш"

"Es una cosa tan querida y tranquila"

"Тя е толкова скъпа, тиха нещо"

El ratón temblaba por todas partes

Мишката трепереше навсякъде

Alicia estaba segura de que el ratón debía de estar realmente ofendido

Алиса беше сигурна, че мишката наистина е обидена

"No hablaremos más de ella, si prefieres no hacerlo"

— Няма да говорим повече за нея, ако предпочиташ да не го правиш.

-¡Nosotros, en efecto! -exclamó el Ratón-

— Ние, наистина! — извика Мишката

El ratón temblaba hasta la punta de la cola

мишката трепереше до края на опашката си

—¡Como si fuera a hablar de un tema así!

— Сякаш искам да говоря на такава тема!

"Nuestra familia siempre odió a los gatos"

"Нашето семейство винаги е мразило котките"

"Gatos; ¡Cosas desagradables, bajas, vulgares!"

"Котки; гадни, низки, вулгарни неща!"

"¡No dejes que vuelva a escuchar el nombre!"

— Не ми позволявай да чуя името отново!

-¡No volveré a hablar de los gatos! -dijo Alicia-

— Всъщност няма да споменавам повече котки! — каза Алиса

Tenía mucha prisa por cambiar de tema

тя много бърза да смени темата

"¿Eres tú... ¿Te gustan los perros?

— Ти ли си... Обичате ли кучета?

"Hay un perrito tan simpático cerca de nuestra casa"

"Има толкова хубаво малко куче близо до къщата ни",

—¡Me gustaría enseñarte el perrito!

— Бих искал да ви покажа малкото куче!

"Este perrito mata a todas las ratas y...

"Това малко куче убива всички плъхове и...

-¡Oh, querida! -exclamó Alicia en tono triste-

— О, скъпа! — извика Алиса с тъжен тон

"¡Me temo que te he ofendido de nuevo!"

— Страхувам се, че отново те обидих!

El ratón se alejaba nadando de ella tan rápido como podía

Мишката плуваше далеч от нея толкова бързо, колкото можеше

y el ratón hizo un gran alboroto en la piscina

и мишката направи доста суматоха в басейна

Así que llamó suavemente al ratón

Затова тя тихо извика след мишката
"¡Mi querido ratón, por favor vuelve!"
"Скъпа моя мишка, моля те, върни се!"
"Y no hablaremos de gatos"
"И няма да говорим за котки"
"Y tampoco tenemos que hablar de perros"
"И не е нужно да говорим за кучета"
Cuando el ratón escuchó esto, se dio la vuelta
Когато мишката чула това, тя се обърнала
Y el ratoncito nadó lentamente de regreso a ella
и малката мишка бавно доплува обратно към нея
La cara del ratón estaba bastante pálida
лицето на мишката беше доста бледо
Y el ratón habló, en voz baja y temblorosa
и мишката заговори с нисък, треперещ глас
"Vamos a la orilla"
"Да стигнем до брега"
"y luego te contaré mi historia"
"И тогава ще ви разкажа моята история"
"y entenderás por qué odio a los gatos y a los perros"
"И ще разберете защо мразя котки и кучета"
Ya era hora de partir
Беше крайно време да си тръгваме
porque la piscina se estaba llenando bastante
защото басейнът ставаше доста претъпкан
Otros pájaros y animales habían caído en el estanque
други птици и животни бяха паднали в басейна
había un pato y un dodo
имаше Патица и Додо
y había un pájaro lori y un aguilucho
и имаше птица Лори и орлето
Y había varias otras criaturas de aspecto interesante
Имаше и няколко други интересни същества
Alicia abrió el camino para salir de la piscina
Алиса изведе пътя към басейна
Y todo el grupo de animales nadó hasta la orilla
и цялата група животни доплува до брега \

Una carrera de caucus y una larga cola
Надпревара на партийни събрания и дълга опашка
De hecho, eran un grupo de animales de aspecto gracioso
Те наистина бяха странно изглеждащи животни
Y todos se reunieron a la orilla del agua
и всички се събраха на брега на водата
Todos los pájaros tenían las plumas desaliñadas
всички птици имаха опърпани пера
y los animales peludos estaban empapados
и косматите животни бяха напоени през
y todos estaban empapados, molestos e incómodos
и всички бяха мокри, раздразнени и неудобни

Había una pregunta que había que responder primero
Имаше един въпрос, на който първо трябваше да се отговори
¿Cuál es la mejor manera de que todos se sequen?
Кой е най-добрият начин всички да изсъхнат?
Tuvieron una consulta sobre este asunto
Те проведоха консултация по този въпрос
Pronto todos se sintieron en términos familiares
скоро всички бяха в познати отношения

Era como si los conociera de toda la vida

сякаш ги познаваше през целия си живот

El ratón parecía ser una persona de cierta autoridad

Мишката изглеждаше човек с някакъв авторитет

"¡Siéntense todos y escúchenme!

— Седнете всички и ме слушайте!

"¡Pronto los volveré a secar!"

— Скоро ще ви накарам да изсъхнете отново!

Se sentaron todos a la vez, en un gran círculo

Всички седнаха наведнъж, в голям кръг

y el ratoncito se sentó en el medio

а малката мишка седеше по средата

—¡Ejem! —dijo el ratón con aire importante—

— Хм! — каза мишката с важно изражение

"¿Están todos listos?"

— Готови ли сте?

"Esto es lo más seco que conozco"

"Това е най-сухото нещо, което познавам"

—¡Silencio por todas partes, por favor!

"Тишина наоколо, ако позволите!"

"Guillermo el Conquistador fue favorecido por el Papa"

"Уилям Завоевателят беше облагодетелстван от папата"

"pero pronto fue sometido por los ingleses"

"но скоро той беше подчинен от англичаните"

"Últimamente querían líderes"

"Напоследък искаха лидери"

"Y se habían acostumbrado al poder y a la conquista"

"И те бяха свикнали с власт и завоевания"

"Edwin y Morcar, los condes de Mercia y Northumbria"

"Едуин и Моркар, графовете на Мерсия и Нортумбрия"

—¡Uf! —exclamó el pájaro lori con un escalofrío—

— Уф! — каза птицата лори с треперене

"e incluso Stigand, el patriota arzobispo de Canterbury"

"и дори Стиганд, патриотичният архиепископ на Кентърбъри"

"A él también le pareció aconsejable"

"Той също го намери за препоръчително"

-¿Qué le pareció aconsejable? -dijo el pato-

— Какво намери за препоръчително? — попита патицата

—Le pareció aconsejable —replicó el ratón con cierto enfado—

— Намери го за препоръчително — отвърна мишката доста сърдито

Pero el pato no estaba satisfecho

Но патицата не беше доволна

"Por supuesto, ya sabes lo que significa"

"Разбира се, знаете какво означава "то"

—Sé lo que es cuando encuentro una cosa —dijo el pato—

— Знам какво е "то", когато намеря нещо — каза патицата

"Generalmente es una rana o un gusano"

"Обикновено това е жаба или червей"

"La pregunta es, ¿qué encontró el arzobispo?"

"Въпросът е какво е открил архиепископът?"

El ratón no se dio cuenta de esta pregunta

Мишката не забеляза този въпрос

En cambio, el ratón continuó apresuradamente con el discurso

Вместо това мишката бързо продължи речта

"le pareció aconsejable ir con Edgar Atheling"

"Той намери за препоръчително да отиде с Едгар Ателинг"

"para encontrarme con Guillermo y ofrecerle la corona"

"да се срещне с Уилям и да му предложи короната"

el ratón continuó, volviéndose hacia Alicia mientras hablaba

мишката продължи и се обърна към Алиса, докато говореше

—¿Cómo te va ahora, querida?

— Как си сега, скъпа моя?

—Tan mojado como siempre —dijo Alicia en tono melancólico—

— Мокро както винаги — каза Алиса с меланхоличен тон

"Esta historia no parece que me seque en absoluto"

"Тази история изобщо не ме изсушава"

—En ese caso —dijo solemnemente el dodo, poniéndose en pie—

— В такъв случай — каза тържествено додото и се изправи на крака

"Voto que se levante la sesión"

"Гласувам заседанието да бъде отложено"

"y propongo la adopción inmediata de remedios más enérgicos"

"и предлагам незабавно приемане на по-енергични лекарства"

—¡Di palabras de verdad! —dijo el aguilucho—

— Говори истински думи! — каза орлетото

"No conozco el significado de la mitad de esas palabras largas"

"Не знам значението на половината от тези дълги думи"

—¡Y, lo que es más, tampoco creo que tú lo sepas!

— И нещо повече, не вярвам, че и ти знаеш!

—Lo que iba a decir —dijo el dodo en tono ofendido—

— Какво щях да кажа — каза додо с обиден тон

"Lo mejor para deshacernos sería una contienda electoral"

"Най-доброто нещо, което да ни изсуши, би било надпревара"

—¿Qué es una contienda electoral? —preguntó Alicia

— Какво е партийна надпревара? — попита Алиса

—Bueno —dijo el dodo—, la mejor manera de explicarlo es hacerlo.

"Е", казал додо, "най-добрият начин да го обясня е да го направиш."

"Primero el dodo trazó un hipódromo"

"Първо додо очерта хиподрум"

"La pista estaba en una especie de círculo"

"Пистата беше в нещо като кръг"

"Y luego todo el grupo se colocó a lo largo del recorrido"

"И тогава цялата група беше разположена по трасето"

No hubo "¡Uno, dos, tres y fuera!"

Нямаше "Едно, две, три и далеч!"

pero empezaron a correr cuando quisieron

но те започнаха да бягат, когато пожелаят

Y también terminaban cuando querían

и те също завършиха, когато пожелаха

Así que no era fácil saber cuándo había terminado la carrera

така че не беше лесно да се разбере кога състезанието е приключило

Después de media hora más o menos de correr, todos estaban bastante secos

след около половин час бягане всички бяха доста сухи

el dodo gritó de repente: "¡La carrera ha terminado!"

Додо изведнъж извика: "Състезанието свърши!"

Y todos se agolparon alrededor del dodo

и всички се тълпяха около додо

Todos los animales jadeaban y resoplaban

Всички животни се задъхваха и надуваха

y todos querían saber: "¿Pero quién ha ganado?"

и всички искаха да знаят: "Но кой е спечелил?"

El dodo no pudo responder de inmediato a esta pregunta

На този въпрос додото не можа да отговори веднага

Primero tuvo que pensar mucho

Първо трябваше да помисли много

Después de pensarlo mucho, el Dodo finalmente habló

След дълго размишление додо най-накрая проговори

"Todos han ganado y todos deben tener premios"

"Всеки е спечелил и всеки трябва да има награди"
"¿Pero quién va a dar los premios?", preguntó un coro de
voces
— Но кой ще даде наградите? — попита хор от гласове
—Bueno, ella, por supuesto —dijo el dodo—
— Е, тя, разбира се — каза додо
y el dodo señaló con un dedo a Alicia
и додото посочи с един пръст към Алис
y todo el grupo de animales se agolpó a su alrededor
и цялата група животни се тълпяха около нея
gritaron, de manera confusa: "¡Premios! ¡Premios!"
те извикаха объркано: "Награди! Награди!"
Alicia no tenía ni idea de qué hacer
Алиса нямаше представа какво да прави
Desesperada, se metió la mano en el bolsillo
В отчаяние тя пъхна ръка в джоба си
Y sacó una caja de dulces
и извади кутия със сладкиши
Por suerte, el agua salada no había entrado en la caja
За щастие солената вода не беше попаднала в кутията
Y repartió los dulces como premios
и раздаде сладкишите като награди
Había exactamente una pieza para todos
Имаше точно едно парче за всеки
Lo siguiente que tenían que hacer era comer los dulces
Следващото нещо, което трябваше да направят, беше да
изядат сладкишите
Esto causó algo de ruido y confusión
Това предизвика известен шум и объркване
Los grandes pájaros se quejaban de que no podían saborear
sus dulces
Големите птици се оплакваха, че не могат да вкусят
сладкишите си
Los pequeños se ahogaron y hubo que darles palmaditas en
la espalda
малките се задавиха и трябваше да бъдат потупвани по
гърба

Sin embargo, al fin se acabó

Най-накрая обаче всичко приключи

y se sentaron de nuevo en un anillo

И те отново седнаха на ринг

Y le rogaron al ratón que les dijera algo más

и те помолиха мишката да им каже нещо повече

—Prometiste contarme tu historia, ¿sabes? —dijo Alicia—

— Обеща ми да ми разкажеш историята си, нали знаеш — каза Алиса

E hizo otro pequeño comentario sobre los gatos en un susurro

и направи още една малка забележка за котките шепнешком

No quería volver a ofender al ratón

Тя не искаше да обиди мишката отново

el ratoncito se volvió hacia Alicia y suspiró

малката мишка се обърна към Алис и въздъхна

—¡La mía es una larga y triste historia!

"Моята история е дълга и тъжна!"

—Es una cola larga, sin duda —dijo Alicia—

— Разбира се, това е дълга опашка — каза Алиса

Y miró con asombro la cola del ratón

и тя погледна с учудване опашката на мишката

—¿Pero por qué le llamas cola triste?

— Но защо го наричаш тъжна опашка?

Y ella seguía desconcertada al respecto mientras el ratón hablaba

И тя продължаваше да се озадачава, докато мишката говореше

de modo que su idea del cuento era más o menos así

така че нейната идея за приказката беше нещо подобно

"Fury said to
a mouse, That
he met in the
house, 'Let
us both go
to law: *I*
will prosecute
you.——
Come, I'll
take no denial:
We must have
the trial;
For really
this morning
I've
nothing
to do.'
Said the
mouse to
the cur,
'Such a
trial, dear
sir, With
no jury
or judge,
would
be wasting
our
breath.'
'I'll be
judge,
I'll be
jury,'
said
cunning
old
Fury:
'I'll
try
the
whole
cause,
and
condemn
you to
death.'"

Furia le dijo a un ratón: "Que se encontró en la casa"

Яростта каза на една мишка, че се срещна в къщата."

Vayamos los dos a la ley: yo te procesaré

Нека и двамата да се забърнем към съда: аз ще ви преследвам

Vamos, no aceptaré ninguna negación: debemos tener el juicio

Хайде, няма да отрека: Трябва да имаме съда.

Porque realmente esta mañana no tengo nada que hacer

Защото наистина тази сутрин нямам какво да правя.

Dijo el ratón al cur;

— каза мишката на курата;

Un juicio así, querido señor, sin jurado ni juez, sería una pérdida de aliento

Такъв процес, скъпи господине, без съдебни заседатели
или съдия, би ни изпилял дъха
—Seré juez, seré jurado —dijo el astuto viejo Fury—
— Аз ще бъда съдия, ще бъда съдебен заседател — каза
хитрият стар Фюри
Juzgaré toda la causa y te condenaré a muerte
Ще опитам цялата кауза и ще те осъдя на смърт.
el ratón le habló severamente a Alicia
мишката заговори строго на Алис
"¡No estás prestando atención!"
— Не обръщаш внимание!
—¿En qué estás pensando?
— За какво мислиш?
—Le ruego que me perdone —dijo Alicia muy
humildemente—
— Моля за извинение — каза Алиса много смирено
– ¿Habías llegado a la quinta curva, creo?
— Мисля, че сте стигнали до петия завой?
"¡Me insultas diciendo tales tonterías!"
— Обиждаш ме, като говориш такива глупости!
Y el ratón se levantó y se alejó
Мишката стана и си тръгна
Alicia llamó al ratoncito
Алиса извика след малката мишка
"¡Por favor, regresa y termina tu historia!"
"Моля, върнете се и довършете историята си!"
Y todos los demás se unieron a coro
И всички останали се присъединиха в хор
"¡Sí, por favor, termine su historia!"
"Да, моля те, довърши историята си!"
Pero el ratón se limitó a negar con la cabeza con impaciencia
Но мишката само поклати глава нетърпеливо
Y el ratoncito caminó un poco más rápido
и малката мишка вървеше малко по-бързо
—¡Ojalá tuviera aquí a Dinah, nuestra gata! —dijo Alicia—
— Иска ми се да имах тук Дина, нашата котка! — каза
Алиса

Esto causó una notable sensación entre el grupo

Това предизвика забележителна сензация сред партията

Algunos de los pájaros se apresuraron a huir de inmediato

Някои от птиците веднага побързаха да си тръгнат

y un canario gritó con voz temblorosa a sus hijos;

и едно канарче извика с трепереш глас на децата си;

—¡Váyanse, queridos míos!

— Махай се, скъпи мои!

"¡Ya es hora de que estén todos en la cama!"

— Крайно време е всички да си легна!

Con varias excusas se fueron todos

С различни извинения всички си тръгнаха

y Alicia no tardó en quedarse sola

и скоро Алиса остана сама

—¡Ojalá no hubiera mencionado a Dinah!

— Иска ми се да не бях споменала Дина!

"Parece que a nadie le gusta aquí abajo"

"Изглежда никой не я харесва тук"

—¡Pero estoy seguro de que es la mejor gata del mundo!

— Но съм сигурен, че тя е най-добрата котка на света!

La pobre Alicia se echó a llorar de nuevo

Горката Алиса отново започна да плаче

porque se sentía muy sola y desanimada

защото се чувстваше много самотна и потисната

Al cabo de un rato, sin embargo, volvió a oír algo

След малко обаче тя отново чу нещо

un pequeño golpeteo de pasos a lo lejos

малко тропане на стъпки в далечината

Y ella miró hacia arriba ansiosamente

и тя вдигна нетърпеливо поглед

El conejo manda al pequeño Sr. Bill
Заекът изпраща малкия г-н Бил

Era el conejo blanco, que volvía trotando lentamente

Това беше белият заек, който бавно се връщаше обратно

Miraba a su alrededor ansiosamente mientras se alejaba

Той се оглеждаше тревожно, докато вървеше

Parecía como si hubiera perdido algo

изглеждаше така, сякаш беше загубил нещо

Alicia le oyó murmurar para sí misma

Алиса го чу да мърмори на себе си

—¡La duquesa! ¡La duquesa! ¡Oh, mis queridas patas!

— Херцогинята! Херцогинята! О, мили мои лапи!

—¡Oh, mi pelo y mis bigotes!

— О, козината и мустаците ми!

"Ella hará que me ejecuten, estoy seguro de eso"

"Тя ще ме екзекутира, сигурен съм в това"

—¡Tan cierto como que los hurones son hurones!

"Също толкова сигурно, колкото поровете са порове!"

"¿Dónde puedo haber dejado mis cosas, me pregunto?"

— Чудя се къде съм изпуснал нещата си?

Alicia adivinó en un momento lo que estaba buscando

Алиса се досети за миг какво търси

Buscaba el abanico de plumas

Той търсеше ветрилото на перата

Y buscaba el par de guantes blancos

и търсеше чифт бели ръкавици

Así que ella, muy bondadosamente, comenzó a buscar los guantes

Затова тя много добродушно започна да търси ръкавиците

Y también buscó el abanico de plumas

и тя потърси ветрилото на перата

Pero los guantes y el abanico de plumas no se veían por ninguna parte

но ръкавиците и ветрилото от пера не се виждаха никъде

Todo parecía haber cambiado desde que se bañó en la piscina

Всичко изглежда се е променило, откакто плува в басейна

Nada era igual desde que estaba en el Gran Salón

нищо не беше същото, откакто беше в голямата зала

y la mesa de cristal había desaparecido

и стъклената маса беше изчезнала

Y la puertecita tampoco estaba allí

И малката врата също не беше там

Muy pronto el conejo se fijó en Alicia

Много скоро заекът забеляза Алис

—la llamó en tono airado

Той я извика с гневен тон

—Mary Ann, ¿qué haces aquí?

— Мери Ан, какво правиш тук?

"Corre a casa en este momento"

"Бягай вкъщи този момент"

—¡Y tráeme un par de guantes y un abanico de plumas!

— И ми донесете чифт ръкавици и ветрило от пера!

—¡Y date prisa!

— И побързай!

Alicia se habló a sí misma mientras salía corriendo

Алиса говори на себе си, докато бягаше

—¡Debe de haberme confundido con su criada!

— Сигурно ме е сбъркал с прислужницата си!

"¡Qué sorpresa se quedará cuando se entere de quién soy!"
"Колко изненадан ще бъде, когато разбере кой съм!"
Al decir esto, se encontró con una casita pulcra
Като каза това, тя се натъкна на спретната малка къща
En la puerta de la casa había una placa de bronce brillante
На вратата на къщата имаше ярка месингова плоча
"W. CONEJO"
"У. ЗАЕК"
Entró sin llamar a la puerta
Тя влезе, без да почука на вратата.
Y se apresuró a subir las escaleras
И тя забърза направо горе
le preocupaba conocer a la verdadera Mary Ann
тя се притесняваше, че може да срещне истинската Мери
Ан
porque entonces la echarían de la casa
защото тогава тя щеше да бъде изгонена от къщата
Y no sería capaz de encontrar el abanico de plumas y los
guantes
и нямаше да може да намери ветрилото с пера и
ръкавиците
Alicia había encontrado el camino hacia una pequeña
habitación ordenada
Алиса беше намерила пътя си в подредена малка стая
En la habitación había una mesa junto a la ventana
В стаята имаше маса до прозореца
y sobre la mesa había un abanico de plumas
а на масата имаше ветрило от пера
Y había dos o tres pares de diminutos guantes blancos
и имаше два-три чифта малки бели ръкавици
Cogió el abanico de plumas y un par de guantes
Тя вдигна ветрилото с пера и чифт ръкавици
Y estaba a punto de salir de la habitación
и тъкмо се канеше да излезе от стаята
Pero entonces sus ojos se posaron en una botellita
но тогава погледът й падна на малко шишенце
Descorchó la botella y se la llevó a los labios

Тя отпуши бутилката и я постави до устните си

"Espero que me haga crecer de nuevo"

"Надявам се, че това ще ме накара да стана голяма отново"

"¡Estoy cansada de ser una cosita tan pequeña!"

"Омръзна ми да бъда толкова малко нещо!"

Alicia apenas se había bebido la mitad de la botella

Алиса едва беше изпила половината бутилка

Su cabeza ya estaba presionada contra el techo

главата й вече се притискаше към тавана

Y tuvo que agacharse

и трябваше да се наведе

para salvar su cuello de ser roto

за да спаси врата си от счупване.

Dejó apresuradamente la botella

Тя бързо остави бутилката

"Con eso basta"

"Това е напълно достатъчно"

"Espero no crecer más"

"Надявам се да не растя повече"

¡Ay! ¡Era demasiado tarde para desearlo!

Уви! Беше твърде късно да си пожелаем това!

Ella siguió creciendo y creciendo

Тя продължаваше да расте и да расте

y muy pronto tuvo que arrodillarse en el suelo

и много скоро трябваше да коленичи на пода

Y aun así siguió creciendo

и дори тогава тя продължи да расте

Como último recurso, sacó un brazo por la ventana

Като последен ресурс тя извади едната си ръка през прозореца

Y metió un pie por la chimenea

и тя вдигна единия крак в комина

"Ahora no puedo hacer más, pase lo que pase"

"Сега не мога да направя повече, каквото и да се случи"

—¿Qué será de mí?

— Какво ще стане с мен?

Alicia tuvo un poco de suerte

Алис имаше късмет

La pequeña botella mágica había tenido todo su efecto

Малкото вълшебно шишенце имаше пълния си ефект

y Alicia no creció más de lo que era

и Алиса не стана по-голяма, отколкото беше

Al cabo de unos minutos oyó una voz en el exterior

След няколко минути тя чу глас отвън

Y se detuvo a escuchar la voz

и тя спря да се вслуша в гласа

—¡María Ana! ¡Mary Ann! -dijo la voz-

— Мери Ан! Мери Ан! — каза гласът

"¡Tráeme mis guantes en este momento!"

- Донеси ми ръкавиците ми този момент!

Luego se oyó un pequeño golpeteo de pies en la escalera

След това дойде леко тропане на крака по стълбите

Alicia supo que era el conejo que venía a buscarla

Алиса знаеше, че заекът идва да я търси

Y tembló hasta hacer temblar la casa

и тя трепереше, докато разтърси къщата

Se olvidó por completo de sus proporciones

Тя съвсем забрави какви са пропорциите й

Era mil veces más grande que el conejo

Тя беше хиляда пъти по-голяма от заека

Y no tenía por qué temer a un conejo

и нямаше причина да се страхува от заек

De pronto, el conejo se acercó a la puerta

Скоро заекът се приближи до вратата

Y el conejito trató de abrir la puerta

и малкото зайче се опита да отвори вратата

La puerta comenzó a abrirse hacia adentro

вратата започна да се отваря навътре

pero el codo de Alicia estaba apretado con fuerza contra la puerta

но лакътят на Алис беше силно притиснат към вратата

Ese intento resultó un fracaso

Този опит се оказва неуспешен

Alicia oyó que el conejo se hablaba a sí mismo

Алиса чу заека да говори сам на себе си

"Entonces daré la vuelta y entraré por la ventana"

"Тогава ще отида и ще вляза през прозореца"

«¡Que no lo harás!», pensó Alicia

— Че няма да го направиш! — помисли си Алиса

Y volvió a esperar un poco

и тя отново изчака малко

Pronto oyó al conejo justo debajo de la ventana

Скоро тя чу заека точно под прозореца

De repente extendió la mano

Тя изведнъж протегна ръка

Y ella hizo un arrebato en el aire

И тя се измъкна във въздуха.

No se apoderó de nada

Тя не се сдоби с нищо

Pero oyó un pequeño alarido y una caída

но чу лек писък и падане

Y oyó el estrépito de cristales rotos

и чу трясък на счупено стъкло

Tal vez el conejo se había caído
Може би заекът е паднал
Tal vez estaba en un invernadero
може би е бил в оранжерия
Luego se oyó una voz airada; La voz del conejo
След това се чу ядосан глас; Гласът на заека
"Pat, ¿dónde estás?"
— Пат, къде си?
Y entonces llegó una voz que nunca antes había oído
И тогава дойде глас, който никога преди не беше чувала
"¡Su señoría, estoy aquí!"
— Ваша чест, тук съм!
"Estoy cavando en busca de manzanas"
"Копая за ябълки"
"¡Aquí! ¡Ven y ayúdame a salir de esto!"
— Тук! Ела и ми помогни да се измъкна от това!"
—Ahora dime, Pat, ¿qué es eso que hay en la ventana?
— А сега ми кажи, Пат, какво има това на прозореца?
"Claro, su señoría, se lo diré"
"Разбира се, ваша чест, ще ви кажа"
"¡Es un brazo que está en la ventana!"
"Това е ръка, която е в прозореца!"
"Bueno, un brazo no tiene nada que hacer allí"
"Е, ръката няма работа там"
"¡Ve y quítate el brazo!"
— Иди и махни ръката!
Hubo un largo silencio después de esto
След това настъпи дълго мълчание
y Alicia sólo podía oír susurros de vez en cuando
а Алиса можеше да чува само шепот от време на време
Y, por fin, volvió a extender la mano
и накрая отново протегна ръка
Y ella hizo otro arrebato en el aire
И тя направи още едно изтръгване във въздуха
Esta vez hubo dos pequeños chillidos
Този път се чуха два малки писъка
y se escucharon más sonidos de vidrios rotos

и се чуваха още звуци от счупено стъкло

«¡Me pregunto qué harán ahora!», pensó Alicia

"Чудя се какво ще правят след това!" помисли си Алиса

"Ojalá me sacaran por la ventana"

"Иска ми се да ме издърпат през прозореца"

Esperó un buen rato

Тя изчака известно време

Pero durante un rato no oyó nada más

но известно време тя не чуваше нищо повече

Por fin se oyó el estruendo de unas ruedas

Най-накрая се чу тътен на малки колела

Y se oyó el sonido de muchas voces

И се чу звук на много гласове

Todas las voces hablaban al unísono

Всички гласове говореха заедно.

Pudo distinguir algunas de las palabras

Тя можеше да различи някои от думите

—¿Dónde está la otra escalera?

— Къде е другата стълба?

"Bill tiene la otra escalera"

"Бил има другата стълба"

"¡Bill, ven aquí!"

— Бил, ела тук!

—¿Soportará el techo la carga?

"Покривът ще понесе ли товара?"

—¿Quién quiere bajar por la chimenea?

— Кой иска да слезе по комина?

—¡No, no lo haré! ¡Tú lo haces!"

— Не, няма да го направя! Направете го!"

—¡Aquí, Bill!

— Ето, Бил!

"¡El maestro dice que tienes que bajar por la chimenea!"

— Господарят казва, че трябва да слезеш по комина!

Alicia arrastró el pie por la chimenea todo lo que pudo

Алиса дръпна крака си колкото се може по-надолу по комина

Y luego esperó a ver lo que venía

и след това зачака да види какво предстои
Escuchó a un animalito arañar y revolver
Чу малко животно да се драска и да се катери
El animalito debe estar en la chimenea
малкото животно трябва да е в комина
Luego dio una fuerte patada
След това нанесе един остър ритник
Y esperó a ver qué pasaría después
и тя чакаше да види какво ще се случи след това
Oyó un coro general de voces
тя чу общ хор от гласове
"¡Ahí va Bill!", dijeron todos
— Ето го Бил! — казаха всички
Entonces oyó solo la voz del conejo
Тогава тя чу гласа на заека сама
"¡Tú por el seto, atrápalo!"
— Ти до живия плет, хвани го!
Hubo otro momento de silencio
Настъпи още един миг мълчание
Y entonces hubo otra confusión de voces
и след това настъпи ново объркване на гласовете
"Levanta la cabeza, Brandy"
- Вдигни главата му, Бренди.
"Ten cuidado de no asfixiarlo"
"Внимавайте да не го удушите"
—¿Qué te pasó?
— Какво се случи с теб?
Por último, llegó una vocecita débil y chillona
Накрая се чу слаб, писклив глас
"Bueno, ya casi no sé"
"Е, почти не знам повече"
"Gracias a todos, ahora estoy mejor"
"Благодаря на всички, сега съм по-добре"
"Hay una cosa que puedo recordar"
"Има едно нещо, което мога да си спомня"
"Algo viene hacia mí como un tren en un túnel"
"Нещо идва при мен като влак в тунел"

"¡Y vuelo hacia arriba como un cohete!"
— И летя като небесна ракета!
Hubo uno o dos minutos de silencio
Настъпи минута или две мълчание
Y entonces empezaron a moverse de nuevo
и след това отново започнаха да се движат
y Alicia oyó hablar de nuevo al Conejo
и Алиса чу Заека да говори отново
"Un túmulo servirá, para empezar"
"Като начало ще свърши работа"
«¿Un túmulo lleno de qué?», pensó Alicia
"От какво?" — помисли си Алиса
Pero no la mantuvieron en suspenso por mucho tiempo
Но тя не беше държана дълго в напрежение
Una lluvia de guijarros entró por la ventana
През прозореца се стичаше дъжд от малки камъчета
Y algunas de las piedrecitas le golpearon en la cara
и някои от малките камъчета я удариха в лицето
Alicia se sorprendió por los guijarros
Алиса беше изненадана от малките камъчета
Todos los guijarros se estaban convirtiendo en pasteles
всички малки камъчета се превръщаха в сладкиши
Y una idea brillante se le ocurrió
и в главата й хрумна светла идея
"Debería comerme uno de estos pasteles"
"Трябва да изям една от тези торти"
"El pastel seguramente hará algún cambio en mi tamaño"
"Тортата със сигурност ще промени размера ми"
Así que se tragó uno de los pasteles
Така че тя погълна една от тортите
Y se alegró al descubrir que empezaba a encogerse
и с радост установи, че започва да се свива
Pronto fue lo suficientemente pequeña como para pasar por la puerta
Скоро тя беше достатъчно малка, за да влезе през вратата
Salió corriendo de la casa
Тя избяга от къщата

Una multitud de animalitos y pájaros esperaban afuera

тълпа от малки животни и птици чакаха отвън

todos los pajaritos y animales se abalanzaron sobre Alicia

всички малки птички и животни се втурнаха към Алиса

Pero ella huyó lo más rápido que pudo

Но тя избяга възможно най-бързо

Y pronto se encontró a salvo en un espeso bosque

и скоро се озова в безопасност в гъста гора

Alicia vagaba por el bosque

Алиса се скиташе из гората

Y pensó para sí misma:

и си помисли:

"Sé lo que tengo que hacer primero"

"Знам какво трябва да направя първо"

"Primero tengo que volver a crecer hasta el tamaño adecuado"

"Първо трябва да порасна отново до правилния си размер"

"Y luego tengo que encontrar mi camino hacia ese hermoso jardín"

"И тогава трябва да намеря пътя си към тази прекрасна градина"

"Supongo que debería comer o beber una cosa u otra"

— Предполагам, че трябва да ям или да пия нещо или друго.

"Pero la pregunta es ¿qué debo comer o beber?"

"Но въпросът е какво да ям или пия?"

Alicia miró a su alrededor las flores

Алиса се огледа наоколо към цветята

Y miró a través de las briznas de hierba

и тя погледна през стръкчетата трева

pero no podía ver nada de comer ni de beber

но не виждаше нищо за ядене или пиене

Nada parecía ser lo adecuado para comer o beber

нищо не приличаше на правилното нещо за ядене или пиене

Había un gran hongo creciendo cerca de ella

Близо до нея растеше голяма гъба

el hongo tenía aproximadamente la misma altura que Alicia

гъбата беше приблизително същата височина като Алиса

Se estiró de puntillas

Тя се протегна на пръсти

Y se asomó por el borde del hongo

и надникна през ръба на гъбата

Sus ojos se encontraron inmediatamente con los ojos de una gran oruga azul

Очите й веднага срещнаха очите на голяма синя гъсеница

La oruga estaba sentada en la parte superior del hongo

гъсеницата седеше на върха на гъбата

y la oruga se había cruzado de brazos

и гъсеницата беше кръстосала всичките му ръце

Y estaba fumando tranquilamente una larga cachimba

и тихо пушеше дълго наргиле

y no hizo la menor atención a nada

и не обърна ни най-малко внимание на нищо

y ciertamente no le prestó atención a Alicia

и със сигурност не обърна внимание на Алис

Por fin, la oruga se quitó la pipa de la boca
Най-накрая гъсеницата извади наргилето от устата си
y se dirigió a Alicia con voz lánguida y soñolienta
и се обърна към Алис с вял, сънлив глас
—¿Quién eres? —preguntó la oruga
— Коя си ти? — попита гъсеницата

Alicia respondió, con cierta timidez: "No lo sé, señor"
Алиса отговори доста срамежливо: — Едва ли знам, сър.
"Justo en este momento está todo un poco..."
"Точно в момента всичко е малко..."
"Sé quién era cuando me levanté esta mañana"
"Знам коя бях, когато станах тази сутрин."
"pero creo que debo haber cambiado varias veces desde entonces"
— Но мисля, че оттогава трябва да съм се променила няколко пъти.
—¿Qué quieres decir con eso? —dijo la oruga—
— Какво искаш да кажеш с това? — попита гъсеницата

Con severidad, la oruga le pidió que se explicara

Строго гъсеницата я помоли да се обясни

—Me temo que no puedo explicarme, señor —dijo Alicia—

— Страхувам се, че не мога да си обясня, сър — каза Алиса

"porque no soy yo mismo"

"защото не съм себе си"

"Verás, tener tantos tamaños diferentes en un día es muy confuso"

"Виждате ли, да бъдеш толкова много различни размери на ден е много объркващо"

Se incorporó y dijo muy gravemente:

Тя се изправи и каза много сериозно:

"Creo que primero deberías decirme quién eres"

— Мисля, че първо трябва да ми кажеш кой си.

"¿Por qué?", dijo la oruga

— Защо? — каза гъсеницата

Alicia no se le ocurría ninguna buena razón

Алиса не можеше да измисли никаква основателна причина

Y la oruga parecía estar en un estado de ánimo muy desagradable

и гъсеницата изглеждаше в много неприятно състояние на духа

Así que se dio la vuelta

Затова тя се извърна.

"¡Vuelve!", la oruga la llamó

- Върни се! - извика след нея гъсеницата

"¡Tengo algo importante que decir!"

— Имам да кажа нещо важно!

Alicia se dio la vuelta y volvió otra vez

Алиса се обърна и се върна отново

—Mantén la calma —dijo la oruga—

— Запази самообладание — каза гъсеницата

-¿Eso es todo? -preguntó Alicia

— Това ли е всичко? — попита Алиса

Y se tragó su rabia lo mejor que pudo

и тя преглътна гнева си, доколкото можеше

—No —dijo la oruga—

— Не — каза гъсеницата

La oruga desplegó sus brazos

гъсеницата разгърна ръцете си

Y volvió a sacarse la pipa de la boca

и отново извади наргилето от устата си

y él dijo: "Así que Ud. piensa que Ud. ha cambiado, ¿verdad?"

и той каза: "Значи мислиш, че си се променил, нали?"

—Me temo, he cambiado, señor —dijo Alicia—

— Страхувам се, че съм се променила, сър — каза Алиса

"No puedo recordar las cosas como solía recordarlas"

"Не мога да си спомня нещата, както ги помнех"

"¡Y no me quedo del mismo tamaño por más de diez minutos!"

— И не оставам със същия размер повече от десет минути!

"¿Qué tamaño quieres tener?", preguntó la oruga

- Какъв размер искаш да бъдеш? - попита гъсеницата

—Oh, no me importa especialmente el tamaño que tenga — respondió Alicia apresuradamente—

— О, не ме интересува особено какъв размер съм — припряно отговори Алиса

"Simplemente no me gusta cambiar de tamaño tan a menudo, ya sabes"

"Просто не обичам да променям размера толкова често, нали знаеш"

"Me gustaría ser un poco más grande, señor"

— Бих искал да бъда малко по-голям, сър.

—Si no te importa —añadió Alicia—

— Ако нямате нищо против — добави Алиса

"Diez centímetros es una altura tan miserable para ser"

"Десет сантиметра е толкова жалка височина, за да бъдеш"

-¡Es una altura muy buena! -exclamó la oruga con rabia-

— Наистина е много добра височина! — каза ядосано гъсеницата

Y se irguió mientras hablaba

и той се изправи, докато говореше

Medía exactamente diez centímetros de alto
Той беше точно десет сантиметра висок
En uno o dos minutos, la oruga bajó del hongo
След минута-две гъсеницата слезе от гъбата
Y se arrastró por la hierba
и той изпълзя в тревата
Al alejarse, hizo algunas pequeñas observaciones
Докато си тръгваше, той направи няколко малки
забележки
"Un lado te hará crecer más alto"
"Едната страна ще те накара да станеш по-висок"
"Y el otro lado te hará acortar"
"А другата страна ще те накара да станеш по-нисък"
«¿Un lado de qué?», pensó Alicia para sí misma
"От едната страна на какво?" помисли си Алиса
—¿El otro lado de qué?
— Другата страна на какво?
—El costado del hongo —dijo la oruga—
— Страната на гъбата — каза гъсеницата
Era como si hubiera hecho su pregunta en voz alta
сякаш беше задала въпроса си на глас
Y en otro momento, se perdió de vista
и в друг миг той изчезна от погледа
Alicia se quedó mirando pensativa el hongo
Алиса продължи да гледа замислено гъбата
**Estaba tratando de distinguir cuáles eran los dos lados del
hongo**
Тя се опитваше да разбере кои са двете страни на гъбата
Por fin, estiró los brazos alrededor de la seta
Най-накрая тя протегна ръце около гъбата
Y rompió un poco los bordes
И тя счупи малко от краищата
"Y ahora, ¿qué lado es cuál?", se dijo a sí misma
"А сега коя страна е?" попита си тя
Y mordisqueó un poco de la parte de la mano derecha
и тя захапа малко от дясната част
Al momento siguiente sintió un violento golpe debajo de la

barbilla

В следващия миг почувства силен удар под брадичката си

¡Su barbilla había golpeado su pie!

брадичката й беше ударила крака!

Estaba bastante asustada por este cambio tan repentino

Тя беше много уплашена от тази много внезапна промяна

Se estaba encogiendo muy rápidamente

Тя се свиваше много бързо

Así que rápidamente se comió un poco del otro trozo de champiñón

така че тя бързо изяде част от другото парче гъба

Su barbilla estaba muy presionada contra su pie

Брадичката й беше притисната много плътно към крака

Apenas había espacio para abrir la boca

нямаше място да отвори устата си

Pero al fin logró abrir la boca

но най-накрая успя да отвори устата си

Y tragó un bocado del pedazo de la mano izquierda

и тя преглътна парченец от лявата ръка

-¡Por fin me han liberado la cabeza! -exclamó Alicia-

— Най-сетне главата ми е освободена! — каза Алиса

Se miró a sí misma

Тя погледна надолу към себе си

Pero todo lo que podía ver era una inmensa longitud de cuello

но всичко, което можеше да види, беше огромна дължина на врата

Su cuello parecía elevarse como un tallo

вратът й сякаш се издигаше като стъбло

Y miró hacia abajo sobre un mar de hojas verdes

И тя погледна надолу към морето от зелени листа

—¿A dónde han llegado mis hombros?

— Къде са стигнали раменете ми?

"Y oh, mis pobres manos, ¿cómo es que no puedo verte?"

— И о, бедни мои ръце, как така не мога да те видя?

Pero su cuello tenía un beneficio

Но вратът й имаше едно предимство

Podía mover la cabeza en cualquier dirección
можеше да движи главата си във всяка посока
De hecho, era como una serpiente
Всъщност тя беше като змия
Ella zigzagueó con gracia con la cabeza hacia abajo
Тя грациозно наведе глава на зигзаг
Y movió la cabeza entre los árboles
И тя движеше глава между дърветата
Pero entonces oyó un silbido agudo
но след това чу рязко съскане
Y rápidamente echó la cabeza hacia atrás
и бързо отдръпна глава назад
Una gran paloma había volado hacia su cara
Голям гълъб летеше в лицето й
y la paloma se agitó violentamente con sus alas
и гълъбът беше яростно с крилете си

-¡Serpiente! -exclamó la paloma-

— Змия! — извика гълъбът

-¡No soy una serpiente! -exclamó Alicia indignada-

— Аз не съм змия! — каза възмутено Алиса

"¡Déjame en paz!"

— Остави ме на мира!

"He probado las raíces de los árboles"

"Опитах корените на дърветата"

—Y he probado setos —prosiguió la paloma—

— И аз съм опитвал жив плет — продължи гълъбът

—¡Pero esas serpientes! ¡No hay forma de complacerlos!"

— Но тези змии! Няма как да им угодите!"

Alicia estaba cada vez más desconcertada

Алиса беше все по-озадачена

-Como si ya fuera bastante trabajo incubar los huevos -dijo
la paloma-

— Сякаш не е достатъчно трудно да излюпвам яйцата —
каза гълъбът

—¡De noche y de día también tengo que estar atento a las
serpientes!

— Денем и нощем трябва да се грижа за змии!

"Acababa de encontrar el árbol más alto del bosque"

"Току-що бях намерил най-високото дърво в гората"

—¿Estaría libre de serpientes aquí?

— Със сигурност щях да бъда свободен от змии тук?

"¡Y sale una serpiente del cielo!"

— И от небето излиза змия!

-¡Pero yo no soy una serpiente, te lo aseguro! -dijo Alicia-

— Но аз не съм змия, казвам ти! — каза Алиса

"Soy un... Soy un... Soy una niña —añadió con cierta duda—

"Аз съм... Аз съм... Аз съм малко момиченце — добави тя
доста съмнително

Después de todo, había estado pasando por muchos cambios

В края на краищата тя беше преживяла много промени

—Estás buscando huevos —dijo la paloma—

— Ти търсиш яйца — каза гълъбът

"Lo sé con certeza"

"Знам това със сигурност"

—¿Y qué importa si eres una niña o una serpiente?

— И какво значение има дали си малко момиченце или змия?

—A mí me importa mucho —dijo Alicia apresuradamente—

— Това е много важно за мен — каза Алиса припряно

"pero no estoy buscando huevos, como suele ser"

"но аз не търся яйца, както се случва"

"Y de todos modos no querría tus huevos"

— И така или иначе не бих искал твоите яйца.

"No me gustan los huevos crudos"

"Не обичам яйцата си сурови"

-¡Pues váyase! -dijo la paloma en tono malhumorado-

— Е, тръгвай тогава! — каза гълъбът с намръщен тон

Y la paloma se instaló de nuevo en su nido

и гълъбът се настани отново в гнездото си

Alicia se agachó entre los árboles lo mejor que pudo

Алиса приклекна между дърветата, доколкото можеше

Su cuello no dejaba de enredarse entre las ramas

вратът й продължаваше да се заплита между клоните

De vez en cuando tenía que detenerse y desenroscar el cuello

От време на време трябваше да спира и да развърта врата си

Al cabo de un rato se acordó de la seta

След известно време си спомни за гъбата

Todavía sostenía los trozos de hongo en sus manos

Тя все още държеше парчетата гъби в ръцете си

Y se puso a trabajar con mucho cuidado

и тя се зае да работи много внимателно

Primero mordisqueó una pieza

Първо тя захапа едно парче

Y luego mordisqueó la otra pieza

и след това тя захапа другото парче

A veces crecía

понякога тя ставаше по-висока

y a veces se acortaba

и понякога ставаше по-ниска

pero finalmente alcanzó su altura habitual

но накрая тя достигна обичайната си височина

Hacía tiempo que no era de su estatura

От известно време не беше на собствения си ръст

Así que todo se sintió extraño por un tiempo

Така че всичко се чувстваше странно за известно време

"Lo siguiente que hay que hacer es entrar en ese hermoso jardín"

"Следващото нещо, което трябва да направите, е да влезете в тази красива градина"

—¿Cómo se va a hacer eso, me pregunto?

— Чудя се как да стане това?

Al decir esto, llegó a un lugar abierto

Като каза това, тя се натъкна на открито място

Había una casita, un poco más de un metro de altura

Имаше малка къщичка, малко по-висока от метър

"Me pregunto quién vive en esta casita"

"Чудя се кой живее в тази малка къща"

"Ciertamente no puedo entrar tan grande como soy"

"Със сигурност не мога да вляза толкова голям, колкото съм"

—¡Los asustaría terriblemente!

— Бих ги изплашил ужасно!

Así que volvió a mordisquear el pequeño champiñón

Затова тя отново захапа малката гъба

Y pronto bajó treinta centímetros

и скоро тя се свлече с трийсет сантиметра

Un cerdo y un poco de pimienta

Прасе и малко черен пипер

Durante uno o dos minutos se quedó mirando la casa

Минута-две тя стоеше и гледаше къщата

De repente, un lacayo salió corriendo del bosque

Изведнъж един лакей изтича от гората

Vestía un uniforme especial

Той беше облечен в специална униформа

A juzgar solo por su rostro, ella lo habría llamado pez

съдейки само по лицето му, тя щеше да го нарече риба

Y golpeó fuertemente la puerta con los nudillos

и той почука силно по вратата с кокалчетата на пръстите
си

La puerta fue abierta por otro lacayo

вратата беше отворена от друг лакей

Este lacayo también llevaba una librea especial

Този лакей също носеше специална ливрея

**Este lacayo tenía una cara redonda y ojos grandes como los
de una rana**

Този лакей имаше кръгло лице и големи очи като на жаба

El lacayo, que parecía un pez, inició la ceremonia
Лакеят, който приличаше на риба, започна церемонията
Sacó algo de debajo de su brazo
Той извади нещо изпод мишницата си
Y sacó de debajo del brazo un sobre
и извади изпод мишницата си плик
Y este sobre se lo entregó al otro lacayo
и този плик той предаде на другия лакей
En tono ceremonioso le comunicó las órdenes
С церемониален тон той му каза заповедите
"Este mensaje es para la duquesa"
"Това съобщение е за херцогинята"
"Una invitación de la reina a jugar al croquet"
"Покана от кралицата да играе крокет"
El lacayo, que parecía una rana, repitió la orden
Лакеят, който приличаше на жаба, повтори заповедта
"De la Reina"
"От кралицата"
"Una invitación"
"Покана"
"para la duquesa"
"за херцогинята"
"Jugar al croquet"
"Игра на крокет"
Entonces ambos se inclinaron profundamente
След това и двамата се поклониха ниско
y los rizos de sus pelucas se enredaron
и къдриците на перуките им се заплитаха
Pronto el lacayo que parecía un pez se había ido
Скоро лакеят, който приличаше на риба, изчезна
Pero el lacayo que parecía una rana todavía estaba allí
но лакеят, който приличаше на жаба, все още беше там
Estaba sentado en el suelo, cerca de la puerta
той седеше на земята близо до вратата
Estaba mirando estúpidamente al cielo
Той се взираше глупаво в небето
Alicia se acercó tímidamente a la puerta y llamó

Алиса плахо се приближи до вратата и почука

—Es inútil llamar a la puerta —dijo el lacayo—

— Няма смисъл да чукаме — каза лакеят

"Y eso es por dos razones"

"И това е по две причини"

"Primero, porque estoy del mismo lado de la puerta que tú"

— Първо, защото съм от същата страна на вратата като теб.

"En segundo lugar, porque están haciendo mucho ruido dentro"

"Второ, защото вдигат толкова много шум вътре"

"Nadie podría escucharte"

"Никой не може да те чуе"

Y, ciertamente, había un ruido extraordinario en su interior

И със сигурност вътре се носеше необикновен шум

un aullido y estornudos constantes

постоянно виене и кихане

y de vez en cuando se oye un gran estruendo

и от време на време звук на силен трясък

como si un plato o una tetera se hubieran roto en pedazos

сякаш чиния или чайник са били счупени на парчета

-¿Cómo voy a entrar? -preguntó Alicia

— Как да вляза? — попита Алиса

—¿Deberías entrar? —dijo el lacayo—

— Трябва ли изобщо да влезеш? — попита лакеят

"Esa es la primera pregunta, ya sabes"

"Това е първият въпрос, нали знаеш"

Alicia abrió la puerta y entró

Алиса отвори вратата и влезе

La puerta conducía directamente a una gran cocina

Вратата водеше право към голяма кухня

La cocina estaba llena de humo de un extremo a otro

Кухнята беше пълна с дим от единия до другия край

en medio de la cocina estaba la duquesa

в средата на кухнята беше херцогинята

Estaba sentada en un taburete de tres patas

Тя седеше на трикрака табуретка

Y ella estaba amamantando a un bebé
и кърмеше бебе
El cocinero estaba inclinado sobre el fuego
готвачът се беше навел над огъня
Estaba removiendo un gran caldero
Той разбъркваше голям котел
y el caldero parecía estar lleno de sopa
и котелът изглеждаше пълен със супа
"¡Ciertamente hay demasiada pimienta en esa sopa!" —se dijo Alicia
"Със сигурност има твърде много черен пипер в тази супа!" - каза си Алиса
Lo dijo lo mejor que pudo, sin estornudar
Каза го колкото можеше, без да киха
Incluso la duquesa estornudaba de vez en cuando
Дори херцогинята кихаше от време на време
Pero las acciones del bebé fueron las más notables
Но действията на бебето бяха най-забележителни
El bebé estornudaba y aullaba alternativamente
бебето кихаше и виеше последователно
No hubo un momento de pausa entre aullidos y estornudos
нямаше нито миг пауза между виенето и кихането
Había dos criaturas en la cocina que no estornudaban
В кухнята имаше две същества, които не кихаха
El cocinero estaba demasiado ocupado para estornudar
готвачът беше твърде зает, за да киха
Y al gran gato no pareció importarle el pimiento
и голямата котка изглежда нямаше нищо против пипера
En cambio, el gran gato sonreía de oreja a oreja
Вместо това голямата котка се усмихваше от ухо до ухо
-Por favor, ¿podría decírmelo -dijo Alicia, un poco tímidamente-
— Моля те, кажи ли ми — каза Алиса малко плахо
"¿Por qué tu gato sonríe así?"
— Защо котката ти се усмихва така?
-Es un gato de Cheshire -dijo la duquesa-
— Това е чеширска котка — каза херцогинята

"Y por eso está sonriendo de oreja a oreja"

"И затова се усмихва от ухо до ухо"

"No sabía que un gato de Cheshire siempre sonreía"

"Не знаех, че Чеширската котка винаги се усмихва"

—De hecho, no sabía que los gatos podían sonreír —dijo Alicia—

— Всъщност не знаех, че котките могат да се усмихват — каза Алис

-Hay muchas cosas que no sabes -dijo la duquesa-

— Има много неща, които не знаете — каза херцогинята

"Hay muchas cosas que no sabes y eso es un hecho"

"Има много неща, които не знаете и това е факт"

En ese momento, el cocinero retiró el caldero de sopa del fuego

Точно тогава готвачът свали котела със супа от огъня

Y en seguida se puso a tirar todo lo que estaba a su alcance

и веднага започна да хвърля всичко, което й беше на една ръка разстояние

arrojó todo lo que pudo a la duquesa y al bebé

хвърли всичко, което можеше по херцогинята и бебето

Primero arrojó los hierros de fuego

Първо хвърли огнените железа

Luego tiró un puñado de cacerolas

След това хвърли шепа тенджери

y finalmente tiró los platos y las fuentes

и накрая хвърли чиниите и чиниите

La duquesa no le hizo caso

Херцогинята не я забеляза

Incluso cuando fue golpeada por un plato, no se preocupó

дори когато беше ударена от чиния, тя не се притесняваше

El bebé ya estaba aullando tanto

бебето вече виеше толкова много

Así que era imposible decir si los golpes lastimaban al bebé o no

така че беше невъзможно да се каже дали ударите са наранили бебето или не

—¡Oh, por favor, ten cuidado con lo que estás haciendo! —

exclamó Alicia—

— О, моля те, внимавай какво правиш! — извика Алиса

Y saltaba de un lado a otro en una agonía de terror

и тя подскачаше нагоре-надолу в агония от ужас

la duquesa le ofreció a Alicia el bebé

херцогинята предложи на Алис бебето

"¡Aquí! ¡Puedes amamantar un poco al bebé, si quieres!"

— Тук! Можеш да кърмиш малко, ако искаш!

Y le arrojó al bebé mientras hablaba

и тя хвърли бебето към себе си, докато говореше.

"Tengo que ir a prepararme para jugar al croquet con la reina"

"Трябва да отида и да се приготвя да играя крокет с кралицата"

Y se apresuró a salir de la habitación

и тя побърза да излезе от стаята

Alicia atrapó al bebé con cierta dificultad

Алис хвана бебето с известна трудност

porque era una criatura de forma muy extraña

защото беше малко създание с много странна форма

Y el bebé extendió los brazos y las piernas en todas direcciones

и бебето протегна ръце и крака във всички посоки

«Será mejor que me lleve a este niño conmigo», pensó Alicia

"По-добре да взема това дете със себе си", помисли си Алиса

"Seguro que matarán a este bebé en uno o dos días"

"Те със сигурност ще убият това бебе след ден-два"

—¿No sería un asesinato dejar atrás a este bebé?

"Няма ли да е убийство да оставиш това бебе?"

Dijo las últimas palabras en voz alta

Тя каза последните думи на глас

Y la cosita gruñó en respuesta

и малкото същество изсумтя в отговор

—Será mejor que no te conviertas en un cerdo, querida — dijo Alicia—

— По-добре не се превръщай в прасе, скъпа моя — каза

Алиса
"o de lo contrario no tendré nada más que ver contigo"
— Иначе няма да имам нищо общо с теб.
Alicia empezaba a pensar para sí misma:
Алиса тъкмо започваше да си мисли:
"Ahora, ¿qué voy a hacer con esta criatura cuando la lleve a casa?"
— Сега, какво да правя с това същество, когато го прибера у дома?
Pero entonces la pequeña criatura gruñó un poco violentamente
Но тогава малкото същество изсумтя леко силно
y Alicia lo miró a la cara con cierta alarma
и Алиса го погледна в лицето с някаква тревога
Esta vez no podía haber error al respecto
Този път не можеше да има грешка в това
No era ni más ni menos que un cerdo
беше нито повече, нито по-малко от прасе
Así que dejó a la pequeña criatura en el suelo
Затова тя остави малкото същество долу
y la pequeña criatura se aleja trotando tranquilamente hacia el bosque
и малкото същество тихо се отдалечи в гората
Alicia se sintió bastante aliviada al ver que la criatura se iba
Алиса почувства голямо облекчение, когато видя съществото да си отива
Alicia se sobresaltó un poco al ver al Gato de Cheshire
Алиса беше малко стресната, когато видя Чеширския котарак
Estaba sentado en la rama de un árbol a pocos metros de distancia
Седеше на клон на дърво на няколко метра от него
El gato solo sonrió cuando la vio
Котката се усмихна само когато я видя
—Gato de Cheshire —empezó Alicia, bastante tímidamente—
— Чеширска котка — започна Алиса доста плахо

—¿Podría decirme, por favor, qué camino debo tomar desde aquí?

— Бихте ли ми казали накъде да тръгна оттук?

—En esa dirección —dijo el gato—

— В тази посока — каза котката

Y agitó la pata derecha

и размаха дясната лапа наоколо

"En esa dirección vive un fabricante de sombreros"

"В тази посока живее производител на шапки"

Y entonces el gato agitó su otra pata

и тогава котката размаха другата си лапа

"Y en esa dirección vive una liebre de marzo"

"И в тази посока живее мартенски заек"

"Visita a cualquiera de los que quieras; los dos están locos"

— Посетете каквото искате; и двамата са луди"

—Pero yo no quiero andar entre locos —comentó Alicia—

— Но не искам да ходя сред луди хора — отбеляза Алиса

—Oh, no puedes evitarlo —dijo el Gato—

— О, не можеш да се сдържиш — каза Котката

"Aquí estamos todos locos"

"Всички сме луди тук"

"¿Vas a jugar al croquet con la reina hoy?"

— Днес ли играеш крокет с кралицата?

—Me gustaría mucho —dijo Alicia—

— Много ми се иска — каза Алиса

"pero todavía no me han invitado"

"но все още не съм поканен"

—Allí me verás —dijo el Gato—

— Ще ме видите там — каза Котката

Y de un momento a otro el gato desapareció

и от един момент на миг котката изчезваше.

pronto Alicia llegó a la vista de la casa de la liebre de marzo

скоро Алиса видя къщата на маршовния заек

Era una casa muy grande

Това беше много голяма къща

así que Alicia no quiso acercarse a la casa

така че Алиса не искаше да се приближава до къщата

Primero tuvo que mordisquear un poco más del trozo de champiñón del lado izquierdo

Първо трябваше да отхапе още малко от лявата страна на гъбата

Una fiesta de té loca
Лудо чаено парти

Delante de la casa había un árbol

Пред къщата имаше дърво

y debajo del árbol había una mesa

а под дървото имаше маса

y la mesa estaba puesta con toda clase de cubiertos

а масата беше подредена с всякакви прибори за хранене

La Liebre de Marzo y el Sombrerero estaban sentados a la mesa

Мартенският заек и майсторът на шапки бяха на масата

y juntos estaban tomando el té

и заедно пиеха чай

Un lirón estaba sentado entre ellos

между тях седеше сънлива мишка

y el lirón se durmió profundamente

а сънливостта спеше дълбоко

La mesa era de un tamaño extraordinario

Масата беше с изключителни размери

Pero la mayor parte de la mesa estaba desocupada

но по-голямата част от масата беше незаета

Se sentaron apiñados en una esquina de la mesa

Те седяха скупчени заедно в единия ъгъл на масата

y, sin embargo, se excusaban cuando veían a Alicia

и въпреки това те се оправдаваха, когато видяха Алиса

"¡No hay espacio! ¡No hay lugar!", gritaron

— Няма място! Няма място! - извикаха те

-¡Hay sitio de sobra! -exclamó Alicia indignada-

— Има достатъчно място! — каза възмутено Алиса

En un extremo de la mesa había un gran sillón

В единия край на масата имаше голямо кресло
y Alicia se sentó en el sillón
а Алиса седна в креслото
El sombrerero abrió mucho los ojos
Производителят на шапки отвори очи много широко
No podía creer lo que estaba viendo
Не можеше да повярва на това, което виждаше
Pero su mente tenía curiosidad por otras cosas
но умът му беше любопитен за други неща
—¿Por qué un cuervo es como un escritorio?
— Защо гарванът прилича на писалището?
Alicia estaba abierta al reto
Алис беше отворена за предизвикателството
"Me alegro de que hayan empezado a hacer adivinanzas"
"Радвам се, че започнаха да си задават гатанки"
—Creo que puedo adivinarlo —añadió en voz alta—
— Мисля, че мога да позная това — добави тя на глас
La liebre de marzo sintió curiosidad por Alicia
Марширущият заек се заинтересува от Алиса
"¿De verdad crees que puedes encontrar la respuesta?"
— Наистина ли мислиш, че можеш да намериш отговора?
—Creo que puedo encontrar la respuesta —dijo Alicia—
— Мисля, че наистина мога да намеря отговора — каза
Алиса
**—Entonces deberías decir lo que quieres decir —prosiguió la
liebre de la marcha—**
— Тогава трябва да кажеш това, което имаш предвид —
продължи марширущият заек
**—Digo lo que quiero decir —respondió Alicia
apresuradamente—**
— Казвам това, което имам предвид — припряно отвърна
Алиса
"por lo menos quiero decir lo que digo"
"Най-малкото имам предвид това, което казвам"
"Es lo mismo, ¿sabes?"
"Това е същото, нали знаеш"
El lirón también contribuyó a la conversación

Сънливостта също допринесе за разговора
Pero el lirón parecía estar hablando en sueños
но сънливостта сякаш говореше в съня си
"Respiro cuando duermo"
"Дишам, когато спя"
"¡Duermo cuando respiro!"
"Спя, когато дишам!"
"Bien podría decirse que también son lo mismo"
"Може да се каже, че и те са еднакви"
-A ti te pasa lo mismo -dijo el sombrerero-
— Същото е и с теб — каза производителят на шапки
Y echó un poco de té en la nariz del lirón
и изля малко чай в носа на сънливостта
El Lirón sacudió la cabeza con impaciencia
Сънливата поклати глава нетърпеливо
Y volvió a hablar el Lirón, sin abrir los ojos
и отново заговори, без да отваря очи
"Por supuesto, por supuesto que es lo mismo"
"Разбира се, разбира се, че е същото"
"eso es justo lo que iba a decir yo mismo"
"Точно това щях да кажа"

El sombrerero se volvió hacia Alicia y le hizo otra pregunta

Производителят на шапки се обърна към Алис и зададе друг въпрос

—¿Ya has adivinado el enigma?

— Познахте ли вече загадката?

—No, me rindo —concedió Alicia—

— Не, отказвам се — призна Алис

"¿Cuál es la respuesta?", quiso saber

— Какъв е отговорът? — искаше да знае тя

—No tengo la menor idea —dijo el sombrerero—

— Нямам ни най-малка представа — каза производителят на шапки

-Ni yo lo sé -dijo la liebre-

— Нито знам — каза маршовният заек

Alicia dio un suspiro de cansancio

Алиса въздъхна уморено

"Hay mejores usos del tiempo que los enigmas sin respuestas"

"Има по-добро използване на времето, отколкото гатанки без отговори"

-¡Toma un poco más de té! -dijo la liebre a Alicia, muy seriamente-

— Изпийте още чай — каза маршовският заек на Алиса много сериозно

Alicia se sintió bastante ofendida por la oferta

Алис беше доста обидена от предложението

—Todavía no he tomado el té —respondió Alicia—

— Още не съм пила чай — отвърна Алиса

"por lo tanto, no puedo tomar más té"

"Затова не мога да пия повече чай"

—Quieres decir que no puedes tomar menos té —dijo el sombrerero—

— Искаш да кажеш, че не можеш да пиеш по-малко чай — каза производителят на шапки

"Es muy fácil llevarse más que nada"

"Много е лесно да вземеш повече от нищо"

Al oír esto, Alicia se levantó y se marchó

При тези думи Алиса стана и си тръгна
El lirón se durmió al instante
Сънливостта заспала мигновено.
y ninguno de los otros hizo la menor atención de que ella se fuera
и никой от другите не обърна ни най-малко внимание на нейното заминаване
aunque miró hacia atrás una o dos veces
въпреки че погледна назад веднъж или два пъти
Intentaban meter el lirón en la tetera
Те се опитваха да сложат сънливостта в чайника
-De todos modos, ¡no volveré a ir allí! -dijo Alicia-
— Във всеки случай никога повече няма да отида там! — каза Алиса
Y ella caminó su camino a través del bosque
И тя тръгна през гората
"Esa fue la fiesta del té más estúpida a la que he ido en mi vida"
— Това беше най-глупавото чаено парти, на което съм била.
Justo cuando dijo esto, notó algo
Точно когато каза това, тя забеляза нещо
Uno de los árboles tenía una puerta que daba directamente a él
Едно от дърветата имаше врата, водеща право към него
"¡Eso es muy interesante!", pensó
"Това е много интересно!" – помисли си тя
"Creo que es mejor que pase por la puerta"
"Мисля, че мога да вляза през вратата"
Y entró por la puerta
И тя влезе през вратата.
Una vez más se encontró en el largo pasillo
Тя отново се озова в дългата зала
De nuevo estaba cerca de la mesita de cristal
Тя отново беше близо до малката стъклена масичка
Ella tomó la pequeña llave de oro
Тя взе малкия златен ключ

Y abrió la puerta que daba al jardín
и отключи вратата, която водеше към градината
Luego se puso manos a la obra mordisqueando el hongo
След това се зае да гризе гъбата
Había guardado un trozo de la seta en el bolsillo
Беше държала парче от гъбата в джоба си
Y, por último, medía alrededor de un metro de altura
и накрая беше висока около метър
Luego caminó por el pequeño pasillo
След това тръгна по малкия коридор
Y entonces finalmente se encontró en el hermoso jardín
И тогава най-накрая се озова в красивата градина
y ella estaba entre la flor brillante y las fuentes frescas
и тя беше сред ярките цветя и хладните фонтани

El campo de croquet de la reina

Игрището за крокет на кралицата

Un gran rosal se alzaba cerca de la entrada del jardín

Голямо розово дърво стоеше близо до входа на градината

Las rosas que crecían en el árbol eran blancas

Розите, които растяха на дървото, бяха бели

Pero había tres jardineros pintando la rosa

Но имаше трима градинари, които рисуваха розата

Estaban ocupados pintando las rosas de rojo

Те усърдно боядисваха розите в червено

y Alicia los miraba pintar las rosas de rojo

а Алиса ги гледаше как боядисват розите в червено

y de repente sus ojos se posaron por casualidad en Alicia

и изведнъж очите им случайно паднаха върху Алиса

Alicia habló un poco tímidamente

Алиса заговори малко плахо

—¿Podría decírmelo, por favor?

— Бихте ли ми казали, моля.

"¿Por qué están pintando todas esas rosas?"

— Защо всички рисувате тези рози?

Cinco y siete no dijeron nada, pero miraron a dos

Пет и седем не казаха нищо, но погледнаха две

Dos hablaron, en voz baja

двама говориха с тих глас

"Vaya, el hecho es que ya lo ve, señora"

— Ами, факт е, разбирате ли, госпожо.

"Esto de aquí debería haber sido un rosal rojo"

— Това тук трябваше да е червено розово дърво.

"Y pusimos un rosal blanco por error"

"И по погрешка сложихме бяло розово дърво"

"Como estarás de acuerdo, la Reina no debe enterarse"

"Както бихте се съгласили, кралицата не трябва да разбере"

"De lo contrario, nos cortarían la cabeza a todos"

"В противен случай на всички щяхме да си отрежем главите"

"Así que ya ve, señora, estamos haciendo lo mejor que

podemos"
— Виждате ли, госпожо, даваме най-доброто от себе си.
La Carta Cinco había estado mirando ansiosamente a través del jardín
Карта пета тревожно гледаше през градината
En ese momento, la carta cinco gritó: "¡La reina! ¡La reina!"
В този момент петата карта извика: "Царицата! Кралицата!"
Y los tres jardineros se escabulleron al instante
и тримата градинари мигновено се втурнаха
Y se arrojaron de bruces
и те се хвърлиха по лица
Se oyó el sonido de muchos pasos
Чу се много стъпки
Alicia miró a su alrededor, ansiosa por ver a la reina
Алиса се огледа наоколо, нетърпелива да види кралицата
Al comienzo de la procesión había diez soldados
В началото на шествието бяха десет войници
Sus manos y pies estaban en las esquinas
ръцете и краката им бяха в ъглите
y en sus manos y pies había garrotes
и в ръцете и краката им имаше тояги
Luego vinieron los diez cortesanos
След това дойдоха десетте придворни
Los cortesanos estaban adornados con diamantes
придворните бяха украсени навсякъде с диаманти
Después de los cortesanos venían los hijos reales
След придворните дойдоха царските деца
Eran diez los hijos de la realeza
Имаше десет от кралските деца
y todos los niños reales estaban adornados con corazones
и всички царски деца бяха украсени със сърца
Luego vinieron los invitados; en su mayoría reyes y reinas
След това дойдоха гостите; предимно крале и кралици
y entre los reyes y la reina, Alicia vio a alguien
и сред кралете и царицата Алиса видя някой
Volvió a ver al conejo blanco que había perseguido

Тя отново видя белия заек, когото беше преследвала.
La procesión fue seguida por la sota de los corazones
Шествието беше последвано от измамника на сърцата
Llevaba la corona del rey
Той носеше кралската корона
y la corona del rey estaba sobre un cojín de terciopelo carmesí
а короната на краля беше върху пурпурна кадифена възглавница
Y entonces llegó el final de esta gran procesión
И тогава дойде краят на това грандиозно шествие
Y allí, al final, estaban el Rey y la Reina de Corazones
и там в края бяха кралят и царицата на сърцата
la procesión venía frente a Alicia
процесията дойде срещу Алис
Y todos se detuvieron y la miraron
и всички спряха и я погледнаха
Y la reina dijo severamente: "¿Quién es éste?"
и царицата каза строго: "Кой е този?"
Se lo dijo a la Sota de Corazones
Тя го каза на Веела на сърцата
Pero él se limitó a hacer una reverencia y a sonreír en respuesta
Но той само се поклони и се усмихна в отговор
Alicia habló muy cortésmente
Алиса говори много учтиво
"Mi nombre es Alicia, así que por favor, su majestad"
"Казвам се Алис, така че моля Ваше Величество"
Pero ella tenía otros pensamientos para sí misma
но имаше други мисли за себе си
"¡Después de todo, son solo un mazo de cartas!"
— В края на краищата те са само тесте карти!
"¿Sabes jugar al croquet?", gritó la reina
— Можеш ли да играеш крокет? — извика кралицата
Era evidente que la pregunta iba dirigida a Alicia
Въпросът очевидно беше предназначен за Алис
-¡Sí! -dijo Alicia en voz alta-

— Да! — каза Алиса високо

—¡Ven a jugar! —rugió la reina—

— Елате да играете тогава! — изрева кралицата

una voz tímida le habló a Alicia

плах глас заговори на Алис

"¡Es un día muy hermoso!"

"Много хубав ден е!"

Caminaba junto al conejo blanco

Тя вървеше покрай белия заек

y el Conejo Blanco la miraba ansiosamente a la cara

а Белият заек надничаше тревожно в лицето й

—Un día muy bueno —confirmó Alicia—

— Наистина много хубав ден — потвърди Алиса

—¿Dónde está la duquesa?

— Къде е херцогинята?

"¡Silencio! ¡Silencio!", dijo el Conejo

— Тихо! Тихо! — каза Заекът

"Está condenada a muerte"

"Тя е осъдена на екзекуция"

—¿Por qué la ejecutan? —preguntó Alicia

— За какво я екзекутират? — попита Алиса

—Le ha rayado las orejas a la reina —empezó a decir el
conejo—

— Тя изтърка ушите на кралицата — започна заекът

—gritó la Reina con voz de trueno—

Кралицата извика с гръмотевичен глас

"¡Vayan a sus lugares!"

"Отидете на местата си!"

Y la gente empezó a correr en todas direcciones

и хората започнаха да тичат във всички посоки.

y todos tropezaron unos con otros

и всички се преобърнаха един в друг.

Sin embargo, se calmaron en uno o dos minutos

Те обаче се успокоиха за минута или две

Y entonces comenzó el juego

И тогава играта започна

Alicia nunca había visto un campo de croquet tan curioso

Алиса никога не беше виждала толкова любопитно
игрище за крокет
La hierba era todo crestas y surcos
тревата беше цялата хребети и бразди
Las bolas de croquet eran erizos de verdad
Топките за крокет бяха истински таралежи
y los mazos eran flamencos de verdad
А чуковете бяха истински фламинго
Y los soldados se pusieron de pie sobre sus manos y sus pies
и войниците стояха на ръце и крака
porque los arcos estaban hechos de sus cuerpos
защото арките са направени от техните тела
Todos los jugadores jugaron a la vez
Всички играчи играха наведнъж
Nadie esperó su turno
никой не чакаше реда им
y todos se peleaban con todos
и всички се скараха с всички
y todos luchaban por los erizos
и всички се биеха за таралежите
Pronto la reina se vio presa de una furiosa pasión
Скоро кралицата изпаднала в яростна страст
Y empezó a patalear y a gritar
и тя започна да тропа наоколо и да крещи
"¡Córtale la cabeza!"
— Отрежете му главата!
"¡Córtale la cabeza!"
— Отрежете й главата!
"¡Córtale la cabeza a todos!"
— Отрежете им главите!
De nuevo Alicia pensó para sí misma
Алиса отново си помисли
"Son terriblemente aficionados a decapitar a la gente aquí"
"Те ужасно обичат да обезглавяват хора тук"
"¡La gran maravilla es que quede alguien vivo!"
"Голямото чудо е, че има някой останал жив!"
Buscaba alguna vía de escape

Тя търсеше някакъв начин за бягство
Notó una curiosa apariencia en el aire
Тя забеляза любопитна поява във въздуха
«Es el gato de Cheshire», se dijo a sí misma
"Това е чеширската котка", каза си тя
"Ahora tendré a alguien con quien hablar"
"Сега ще имам с кого да говоря"
—¿Cómo te va? —preguntó el gato
— Как си? — попита котката
—No creo que jueguen nada limpio —dijo Alicia—
"Не мисля, че играят изобщо честно", каза Алис
Y tenía un tono bastante quejumbroso
и имаше доста оплакващ тон
"Todos se pelean tan terriblemente"
"Всички се карат толкова ужасно"
"Uno no se oye hablar"
"Човек не може да чуе себе си да говори"
"Y no parecen jugar con ninguna regla"
"И изглежда не играят по никакви правила"
el gato le hizo una pregunta a Alicia en voz baja
котката зададе въпрос на Алис с тих глас
—¿Qué te parece la reina?
— Как ти харесва кралицата?
—No me gusta nada —dijo Alicia—
— Изобщо не я харесвам — каза Алис

Alicia pensó que sería mejor que volviera
Алиса си помисли, че може да се върне
Quería ver cómo iba el partido
Искаше да види как върви играта
Se fue en busca de su erizo
Тя тръгна да търси таралежа си
El erizo estaba ocupado luchando contra otro erizo
Таралежът беше зает да се бори с друг таралеж
Esta fue una excelente oportunidad
Това беше отлична възможност
Podía hacer croquet a un erizo con el otro
можеше да крокетира единия таралеж с другия
Pero su flamenco estaba al otro lado del jardín
но фламингото й беше от другата страна на градината
El flamenco era bastante torpe
Фламингото беше доста тромаво
Su flamenco intentaba volar hacia un árbol
Фламингото й се опитваше да полети на дърво
Atrapó al flamenco por la pierna
Тя хвана фламингото за крака
Y guardó el flamenco bajo el brazo
И тя прибра фламингото под мишницата си
De esa manera, el flamenco no pudo escapar de nuevo
По този начин фламингото не можеше да избяга отново
Justo en ese momento Alicia se encontró con la duquesa
Точно тогава Алиса случайно срещна херцогинята
La duquesa ya había salido de la cárcel
Херцогинята вече беше излязла от затвора
Metió cariñosamente su brazo bajo el brazo de Alicia
Тя нежно пъхна ръката си под мишницата на Алис
Y luego se fueron juntos
и след това си тръгнаха заедно
Alicia se alegró mucho de encontrarla de tan buen humor
Алиса много се зарадва, че я намери в толкова приятен
нрав
Sin embargo, estaba un poco asustada
Тя обаче беше малко стресната

Oyó la voz de la duquesa cerca de su oído

Тя чу гласа на херцогинята близо до ухото си

"Estás pensando en algo, querida"

- Мислиш за нещо, скъпа моя.

"Y eso hace que te olvides de hablar"

"И това те кара да забравиш да говориш"

—El juego va bastante mejor ahora —dijo Alicia—

"Мачът върви доста по-добре сега", каза Алис

Era una forma de mantener la conversación

Това беше един от начините да се поддържа разговорът

-Así es -dijo la duquesa-

— Наистина е така — каза херцогинята

"Y la moraleja de eso es esta:"

"И поуката от това е следната:

"¡Es el amor el que lo hace todo!"

"Любовта е тази, която прави всичко!"

"El amor es lo que hace que el mundo gire"

"Любовта е това, което кара света да се върти"

Alicia tenía otra explicación

Алис имаше друго обяснение

"¡Lo hace todo el mundo ocupándose de sus propios asuntos!"

— Прави се от всеки, който си гледа работата!

—¡Ah, bueno! Podrías tener razón"

— А, добре! Може и да си прав"

-Todo significa lo mismo -dijo la duquesa-

— Всичко това означава почти едно и също нещо — каза херцогинята

y hundió su afilada barbilla en el hombro de Alicia

и тя заби острата си брадичка в рамото на Алис

"Y la moraleja de eso es esta"

"И поуката от това е следната"

"Cuida el sentido"

"Погрижете се за сетивата"

"Y entonces los sonidos se encargarán de sí mismos"

"И тогава звуците ще се погрижат за себе си"

Pero entonces el brazo de la duquesa empezó a temblar

но тогава ръката на херцогинята започна да трепери
Alicia alzó la vista y allí estaba la reina
Алиса вдигна поглед и там стоеше кралицата
La reina tenía los brazos cruzados
Кралицата беше със скръстени ръце
¡Y ella fruncía el ceño como una tormenta eléctrica!
и тя се мръщеше като гръмотевична буря!
—Te advierto —gritó la reina—
— Справедливо ви предупреждавам — извика кралицата
Y pisoteó el suelo mientras hablaba
и тя тропна по земята, докато говореше.
"O tu cabeza o la suya deben estar cortadas"
"Или главата ти, или главата й трябва да е изключена"
"¡Toma tu decisión!"
"Направете своя избор!"
"Y ser rápido al respecto"
"И бъдете бързи"
La duquesa hizo su elección
Херцогинята направи своя избор
Y al cabo de un instante la duquesa se fue
и след миг херцогинята изчезна
Entonces la reina le habló a Alicia
Тогава кралицата заговори с Алис
"Sigamos con el juego"
"Да продължим с играта"
Alicia estaba demasiado asustada para decir una palabra
Алиса беше твърде уплашена, за да каже и дума
Y la siguió lentamente hasta el campo de croquet
и тя бавно я последва обратно към игрището за крокет.
Todo el tiempo la Reina se peleó con los otros jugadores
през цялото време царицата се кареше с другите играчи
"¡Córtale la cabeza!"
— Отрежете му главата!
"¡Córtale la cabeza!"
— Отрежете й главата!
"¡Córtale la cabeza a todos!"
— Отрежете им главите!

Pronto todos los jugadores estaban bajo custodia
Скоро всички играчи бяха задържани
solo quedaron el rey, la reina y Alicia
останаха само кралят, кралицата и Алиса
Entonces la reina se marchó, casi sin aliento
След това кралицата си тръгна, съвсем задъхана
y se fue con Alicia
и си тръгна с Алис
Alicia oyó que el rey decía algo en voz baja
Алиса чу краля тихо да казва нещо
"Estáis todos perdonados"
"Всички сте помилвани"
Pero de repente se oyó otro grito
но изведнъж се чу друг вик
"¡El juicio está comenzando!"
"Процесът започва!"
y Alicia corrió con los demás
и Алиса хукна заедно с останалите

¿Quién robó las tartas?

Кой открадна тартите?

El rey y la reina de corazones estaban sentados

Царят и царицата на сърцата седяха

estaban en su trono cuando llegó Alicia

те бяха на трона си, когато Алиса пристигна

Había una gran multitud reunida a su alrededor

около тях се събра голяма тълпа

Había todo tipo de pajaritos y bestias

имаше всякакви малки птици и зверове

Y allí estaba toda la baraja de cartas

И там беше цялото колоде карти

La sota estaba de pie frente a ellos, encadenada

Мошеникът стоеше пред тях, във вериги

y había un soldado a cada lado para custodiarlo

и имаше по един войник от всяка страна, който да го пази

cerca del Rey estaba el conejo blanco

близо до краля беше белият заек

Tenía una trompeta en una mano

Той държеше тромпет в едната си ръка

y tenía un rollo de pergamino en la otra mano

а в другата ръка имаше свитък от пергамент

En el centro del patio había una mesa

В средата на двора имаше маса

Sobre la mesa había un gran plato de tartas

На масата имаше голямо ястие с тарти

«Ojalá hicieran el juicio», pensó Alicia

"Иска ми се да бяха приключили процеса", помисли си Алиса

—¡Entonces podríamos comer algunos de esos refrescos!

"Тогава бихме могли да изядем някои от тези освежителни напитки!"

El juez, por cierto, era el rey
Съдията, между другото, беше кралят
y llevaba su corona sobre su gran peluca
и носеше короната си върху голямата си перука.
«Ésa es la tribuna del jurado», pensó Alicia
— Това е съдебната ложа — помисли си Алиса
"Y esas doce criaturas, supongo que son los miembros del jurado"
— И тези дванадесет същества, предполагам, че са съдебните заседатели.
algunos eran animales y otros eran pájaros
някои са били животни, а други са били птици
En ese momento el conejo blanco gritó
Точно тогава белият заек извика
"¡Silencio en la corte!"
"Тишина в съда!"

"¡Heraldo, lee la acusación!", dijo el rey

— Вестителю, прочети обвинението! — каза кралят

El Conejo Blanco tocó tres veces la trompeta

Белият Заек наду три удара по тръбата

Luego desenrolló el rollo de pergamino

След това разгъна пергаментния свитък

Y leyó lo siguiente:

и той прочете следното:

"La reina de corazones, hizo unas tartas"

"Кралицата на сърцата, тя направи няколко тарти",

"Todo esto lo hizo en un día de verano"

"Всичко това тя направи в един летен ден"

"La sota de los corazones, robó esas tartas"

"Мошеникът на сърцата, той открадна тези тарти"

—¡Y se llevó esas tartas muy lejos!

— И той отнесе тези тарти далеч!

—Llama al primer testigo —dijo el rey—

— Повикайте първия свидетел — каза кралят

y el conejo blanco tocó tres veces la trompeta

и белият заек наду три звука на тръбата

"¡Traigan al primer testigo!", gritó

— Доведете първия свидетел! — извика той

El primer testigo fue el sombrerero

Първият свидетел беше производителят на шапки

Entró con una taza de té en una mano

Той влезе с чаша чай в едната си ръка

Y tenía un pedazo de pan con mantequilla en la otra mano

и имаше парче хляб и масло в другата ръка

—Tendrías que haber terminado —dijo el rey—

— Трябваше да приключиш — каза кралят

—¿Cuándo empezaste?

— Кога започна?

El sombrerero miró a la liebre de marcha

Производителят на шапки погледна маршовия заек

La Liebre de Marzo lo había seguido hasta el patio

Маршовият заек го беше последвал в двора

Había caminado del brazo del lirón

Той вървеше ръка за ръка със сънливостта
—El catorce de marzo, creo que fue —dijo—
"Четиринадесети март, мисля, че беше", каза той
—Da tu testimonio —dijo el rey—
— Дайте показанията си — каза кралят
"Y no te pongas nervioso, o te haré ejecutar en el acto"
"И не се нерви, иначе ще те екзекутират на място"
Esto no pareció animar en absoluto al testigo
Това изобщо не окуражава свидетеля
Seguía moviéndose de un pie al otro
Той продължаваше да се движи от единия крак на другия
Y miró inquieto a la reina
и погледна неспокойно кралицата
Y, en su confusión, mordió un gran trozo de su taza de té
и в объркване той отхапа голямо парче от чашата си
**En realidad, tenía la intención de morder de su pan y
mantequilla**
наистина той искаше да отхапе от хляба и маслото си
**Justo en ese momento, Alicia sintió una sensación muy
curiosa**
Точно в този момент Алиса изпита много любопитно
усещане
Empezaba a crecer de nuevo
Тя отново започваше да става по-голяма
Al miserable sombrerero se le cayó la taza de té
Нещастният производител на шапки изпусна чашата си
y el pan y la mantequilla cayeron al suelo
и хлябът и маслото паднаха на земята
Y cayó sobre una rodilla
и падна на едно коляно
—Soy un pobre hombre, majestad —comenzó—
— Аз съм беден човек, ваше величество — започна той
—Eres un orador muy malo —dijo el rey—
— Вие сте много лош оратор — каза кралят
—Puedes irte —dijo el rey—
— Можете да тръгнете — каза кралят
Y el sombrerero abandonó apresuradamente el patio

и майсторът на шапки бързо напусна двора
—¡Llama al próximo testigo! —dijo el rey—
— Повикайте следващия свидетел! — казал царят
El siguiente testigo fue el cocinero de la duquesa
Следващият свидетел беше готвачът на херцогинята
Llevaba la caja de pimienta en la mano
Тя носеше кутията с пипер в ръката си
Y la gente que estaba cerca de la puerta empezó a estornudar
de repente
и хората близо до вратата започнаха да кихат изведнъж
—Da tu testimonio —dijo el rey—
— Дайте показанията си — каза кралят
-No daré ninguna prueba -dijo el cocinero-
— Няма да дам никакви показания — каза готвачът
El rey miró ansiosamente al conejo blanco
Царят погледна тревожно белия заек
Y el conejo blanco habló en voz baja
и белият заек заговори с тих глас
"Su Majestad debe interrogar a este testigo"
"Ваше Величество трябва да подложи на кръстосан разпит
този свидетел"
"Bueno, si debo, debo", dijo el rey
— Е, ако трябва, трябва — каза кралят
"¿De qué están hechas las tartas?"
"От какво са направени тартите?"
—Las tartas están hechas de pimienta, en su mayoría —dijo
el cocinero—
"Тартите се правят предимно от черен пипер", каза
готвачът
Durante algunos minutos, toda la corte estuvo en confusión
В продължение на няколко минути целият двор беше в
объркване
Con el tiempo, todos se calmaron de nuevo
В крайна сметка всички се успокоиха отново
Pero para entonces el cocinero había desaparecido
но дотогава готвачът беше изчезнал
"¡No importa!", dijo el rey

— Няма значение! — каза кралят
"Llamar al estrado al próximo testigo"
"Призовавайте на трибуната следващия свидетел"
Alicia observó al conejo blanco mientras él repasaba a tientas la lista
Алиса наблюдаваше белия заек, докато той ровеше в списъка
Puedes imaginar su sorpresa por lo que escuchó a continuación
можете да си представите изненадата й от това, което чу след това
con su vocecita estridente, llamó el nombre de «¡Alicia!»
с пълния си писклив глас той извика името "Алис!"

La evidencia de Alicia

Доказателствата на Алис

-¡Aquí! -exclamó Alicia-

— Тук! — извика Алиса

Se levantó de un salto a toda prisa

Тя скочи много бързо

Y volcó el estrado del jurado

и тя преобърна ложата на съдебните заседатели

y derribó a todos los miembros del jurado

и събори всички съдебни заседатели

y cayeron sobre las cabezas de la muchedumbre de abajo

И те паднаха върху главите на тълпата долу

Alicia estaba muy consternada

Алиса беше в голям ужас

"¡Oh, le ruego que me perdone!", exclamó

— О, моля за извинение! — възкликна тя

—El juicio no puede continuar —dijo el rey—

— Процесът не може да продължи — каза кралят

"Los miembros del jurado deben volver a ocupar su lugar"

"Съдебните заседатели трябва да се върнат на местата си"

Repitió la orden con gran énfasis

той повтори заповедта с голямо наблягане

y miró a Alicia con severidad

и той погледна Алиса строго

—¿Qué sabe usted de estos acontecimientos? —preguntó el rey a Alicia

— Какво знаеш за тези събития? — попита кралят Алиса

—No sé nada sobre el tema —dijo Alicia—

— Не знам нищо по въпроса — каза Алиса

Entonces el rey leyó de su libro

След това кралят прочете от книгата си

"Regla cuarenta y dos"

"Правило четиридесет и второ"

"Todas las personas que tengan más de una milla de altura deben abandonar el tribunal"

"Всички лица на височина над една миля трябва да напуснат съда"

—No mido ni una milla de altura —dijo Alicia—
— Не съм висока и една миля — каза Алис
—Casi dos millas de altura —dijo la Reina—
— Почти две мили висок — каза кралицата

—Bueno, me niego a ir —dijo Alicia—
— Е, отказвам да отида — каза Алиса
El rey palideció
Кралят пребледнял
Y cerró apresuradamente su cuaderno de notas
и той бързо затвори бележника си
"Consideren su veredicto", le dijo al jurado
"Обмислете присъдата си", каза той на съдебните
заседатели
Habló en voz baja y temblorosa
Той заговори с нисък, треперещ глас
Entonces habló el conejo blanco
тогава белият заек проговори
"Todavía hay más pruebas por venir"
"Предстоят още доказателства"

Y se levantó de un salto a toda prisa
и той скочи в голяма бързина
"Este papel acaba de ser recogido"
"Тази статия току-що беше взета"
"Parece ser una carta escrita por el prisionero"
"Изглежда, че това е писмо, написано от затворника"
Desdobló el papel mientras hablaba
Той разгъна листа, докато говореше
"Al fin y al cabo, no es una carta"
"В края на краищата това не е писмо"
"Lo que era era un conjunto de versos"
"Това, което беше, беше набор от стихове"
—Por favor, majestad —dijo el bribón—
— Моля ви, ваше величество — каза мошеникът
"Yo no escribí esos versos"
"Аз не съм написал тези стихове"
"y no pueden probar que yo escribí nada"
"и не могат да докажат, че съм написал нещо"
"No hay ningún nombre firmado al final"
"Няма подписано име в края"
El rey le habló a la sota
Царят говори на мошеника
"Debes haber tenido la intención de causar algún daño"
— Сигурно си искал да причиниш някаква пакостиня.
"De lo contrario, habrías firmado con tu nombre como un hombre honrado"
"Иначе щеше да се подпишеш като честен човек"
Hubo un aplauso general
Последва общо пляскане с ръце
Y el rey se volvió hacia el conejo blanco
и царят се обърна към белия заек
—Lee los versos —ordenó—
— Прочети стиховете — заповяда той
Hubo un silencio sepulcral en la corte
В съда настъпи мъртва тишина
Y el conejo blanco leyó los versos
и белият заек прочете стиховете

Me dijeron que habías estado con ella

Казаха ми, че си бил при нея.

Y me mencionaron a él

И те му споменаха за мен

Ella me dio un buen carácter

Тя ми даде добър характер

Pero ella dijo que yo no sabía nadar

Но тя каза, че не мога да плувам

Les mandó decir que yo no había ido

Той им изпрати съобщение, че не съм отишъл

Sabemos que es verdad

Знаем, че е истина.

Si ella insistiera en el asunto, ¿qué sería de ti?

Ако тя продължи въпроса, какво ще стане с вас?

Yo le di uno, ellos le dieron dos

Аз й дадох една, те му дадоха две

Nos diste tres o más

Ти ни даде три или повече

Todos volvieron de él a ti

Всички те се върнаха от него при теб.

aunque antes eran míos

въпреки че преди бяха мои,

Si yo o ella tuviéramos la oportunidad de serlo

Ако аз или тя трябва да бъда

Si yo o ella estuviéramos involucrados en este asunto

Ако аз или тя бях замесен в тази афера,

Él confía en ti para liberarlos

Той ти се доверява да ги освободиш

Exactamente como estábamos

Точно такива, каквито бяхме

Mi idea era que tú habías sido

Моята представа беше, че ти си била.

Antes de que ella tuviera este ataque

Преди да получи този пристъп

Un obstáculo que se interpuso entre

Препятствие, което се появи между

A Él, y a nosotros mismos, y a

И той, и ние, и той.
No le dejes saber que a ella le gustaban más
Не му позволявай да знае, че ги харесва най-много
Porque esto debe ser para siempre un secreto, guardado de todos los demás
Защото това трябва да бъде завинаги тайна, пазена от всички останали
Este secreto debe seguir siendo un secreto entre tú y yo
Тази тайна трябва да остане тайна между теб и мен.
El rey quedó muy impresionado
Кралят беше много впечатлен
"Esa es la prueba más importante que hemos escuchado hasta ahora"
"Това е най-важното доказателство, което сме чували досега"
—No creo que esos versos tengan un átomo de significado — objetó Alicia—
— Не вярвам, че тези стихове носят атом от смисъл — възрази Алиса
el rey tenía su propia opinión al respecto
кралят имаше свое мнение по въпроса
"Si no hay significado en esas palabras, eso salva un mundo de problemas"
"Ако няма смисъл в тези думи, това спасява цял свят от неприятности"
"Entonces no necesitamos tratar de encontrar el significado"
"Тогава не е нужно да се опитваме да намерим смисъла"
"Que el jurado considere su veredicto"
"Нека съдебните заседатели обсъдят присъдата си"
-¡No, no! -dijo la reina-
— Не, не! — каза кралицата
"Primero la sentencia y después el veredicto"
"Първо произнасяне на присъда, след това присъда"
-¡Tonterías y tonterías! -exclamó Alicia en voz alta-
— Глупости и глупости! — каза Алиса високо
"¡Qué tontería es sentenciar al acusado primero!"
"Колко глупаво е да осъдиш подсъдимия пръв!"

—¡Cállate la lengua! —dijo la reina, poniéndose morada—

— Млъкни — каза царицата и почервеняла

-¡No me callaré! -exclamó Alicia-

— Няма да си държа езика! — каза Алиса

—gritó la Reina a voz en cuello—

Кралицата извика с пълен глас

"¡Córtale la cabeza!"

— Отрежете ѝ главата!

Nadie hizo un movimiento

Никой не направи движение

-¿A quién le importa lo que digas? -dijo Alicia-

— На кого му пука какво казвате? — попита Алиса

Para entonces ya había crecido hasta alcanzar su tamaño completo

По това време тя беше пораснала до пълния си размер

"¡No eres más que un mazo de cartas!"

— Ти не си нищо друго освен тесте карти!

Al oír esto, todas las cartas se alzaron en el aire

При това всички карти се издигнаха във въздуха

Y todas las cartas cayeron volando sobre ella

и всички карти полетяха върху нея

Ella dio un pequeño grito

Тя изкрещя леко,

Estaba medio asustada, pero también enojada

Тя беше наполовина уплашена, но и ядосана

Y trató de quitarse las cartas de encima

И тя се опита да се пребори със себе си

Y entonces se encontró tendida en el banco de hierba

и тогава се озова да лежи на тревния бряг

Su cabeza estaba en el regazo de su hermana

главата й беше в скута на сестра й.

Algunas hojas muertas habían caído en su cara

Няколко мъртви листа бяха паднали върху лицето й

Y su hermana estaba cepillando suavemente las hojas

а сестра й нежно избърсва листата

-¡Despierta, querida Alicia! -dijo su hermana-

— Събуди се, Алис, скъпа! — каза сестра й

—¡Qué sueño tan largo has tenido!

— Какъв дълъг сън имахте!

-¡Oh, he tenido un sueño tan curioso! -exclamó Alicia-

— О, сънувах толкова странен сън! — каза Алиса

Y le contó a su hermana todo lo que podía recordar

И разказа на сестра си всичко, което можеше да си спомни

todas las extrañas aventuras sobre las que acabas de leer

всички странни приключения, за които току-що прочетохте

Alicia se levantó y salió corriendo

Алис стана и побягна

Y pensó, mientras corría, en su sueño

и докато тичаше, тя си мислеше за съня си

—¡Qué sueño tan maravilloso había sido!

— Какъв прекрасен сън беше!